Jean Vautrin

À bulletins rouges

Gallimard

Jean Vautrin est le pseudonyme de Jean Herman, né en 1933 en Lorraine. Après des études secondaires à Auxerre et un début de licence de lettres, il entre sur concours à l'Institut des Hautes Études cinématographiques dont il sort en 1955. Il devient alors lecteur de littérature française à l'université de Bombay d'où il adresse des articles aux revues « Les Cahiers du Cinéma » et « Cinéma 56 ». Reporter-photographe et dessinateur humoristique pour *Illustrated Weekly*, il s'occupe des commentaires de la section française du « Film Division of India », assure la version française de *Pather Panchali*, de Satyajit Ray..., et tourne deux courts métrages, jusqu'au jour où une lettre de François Truffaut lui annonce la venue en Inde de Roberto Rossellini dont il devient l'assistant.

Il est affecté, pendant la guerre d'Algérie, au Service Cinéma des Armées et tourne des films en Allemagne, en Algérie, au Sahara et au Congo. Démobilisé au bout de vingt-huit mois et cinq jours, il est successivement assistant de Vincente Minelli, de Jacques Rivette et de Jean Cayrol/Claude Durand. Après avoir réalisé une vingtaine de courts métrages et de films pour la télévision, il met en scène son premier long métrage, *Le dimanche de la vie* d'après Raymond Queneau, avec Danielle Darrieux, et obtient le prix Marilyn Monroe. Suivent cinq longs métrages dont *Adieu l'ami*, en 1968, avec Alain Delon et Charles Bronson.

L'année 1971 marque une rupture. Jean Herman, après qu'il s'est installé à la campagne, coexiste désormais avec Jean Vautrin et se tourne vers l'écriture. Les publications successives à la Série Noire de *À bulletins rouges* (1973) et *Billy-ze-Kick* (1974) lui valent d'être considéré par la critique comme l'un des pères fondateurs du Néo-polar avec Manchette. Des recueils de nouvelles, des romans et une multitude de consécrations, dont le prix Goncourt en 1989 pour *Un grand pas vers le Bon Dieu*, jalonnent cet étonnant parcours. Paraît également, en rencontrant le succès, le roman à épisodes écrit en collaboration avec Dan Franck et consacré aux aventures de Boro, reporter-photographe. *Le roi des ordures* et *L'homme qui assassinait sa vie* viennent, dans une veine plus noire, compléter cette bibliographie sélective tandis que la bande dessinée lui tend également les bras par l'intermédiaire de Jean Teulé (*Bloody Mary*) et Jacques Tardi (*Le cri du peuple*).

Côté cinéma, une rencontre infléchit durablement sa carrière. Michel Audiard, à la mort d'Albert Simonin en 1980, cherche un nouvel équipier. Jean Herman devient alors son scénariste-dialoguiste pendant dix ans et le duo ne chôme pas : *L'entourloupe* avec Jean-Pierre Marielle et Jacques Dutronc, *Le grand escogriffe* avec Yves Montand, *Flic ou voyou*, *Le marginal*, *Le guignolo* avec Jean-Paul Belmondo, *Garde à vue* avec Michel Serrault, Lino Ventura et Romy Schneider, *Canicule* avec Lee Marvin, Miou-Miou et Jean Carmet… Au cinéma, comme en littérature, la liste présentée est loin d'être exhaustive.

Jean Vautrin, créateur de l'Atelier Julliard, est également chevalier de la Légion d'honneur, officier dans l'Ordre national du Mérite et commandeur des Arts et des Lettres.

Un enfant accroupi, plein de tristesse, lâche
un bateau frêle comme un papillon de mai.

ARTHUR RIMBAUD

À l'époque de la marelle
Où j'aimais déjà le danger
Je jouais en correctionnelle
Le juge était parti manger.

ALBERTINE SARRAZIN

I

C'est pas difficile, ils l'ont ratée, leur ville moderne. Et toute leur grande ceinture pari-, sienne *idem*. On est bien placés pour en parler. On y habite. C'est pas en plantant des conifères sur les toits des achélèmes à onze étages d'altitude qu'on arrange le coup. Ils nous feront quand même pas prendre des thuyas pour la forêt vosgienne.

Tout se ressemble. Toujours la même rengaine. Un balcon pour faire sécher les couches des mômes. Un living meublé en suédois deuxième choix. La télé pour nous asphyxier. Une plante caoutchouc pour ne pas devenir dingue. Et des rues.

Larges, longues, droites. Rien qu'à nous, la plupart du temps. Elle n'est pas tout à fait finie, leur cité merveille. Dans les derniers chantiers se dressent encore des grues. Plus loin, déjà réconfortants, des panneaux jalonnent les avenues coupées à angle droit. Ils ont le culot d'afficher amicalement : Ici, on en est aux fleurs. Total, les pâquerettes ne sont pas encore certaines de s'acclimater à la terre rapportée des plates-bandes, qu'il y a déjà 80 000 lapins dans les clapiers à loyers modérés. Ils viennent de partout. Des Causses, d'Algérie, de la Martinique, du Mali et même de Belleville. Mais qu'ils soient noirs, jaunes ou rouges, ils partent tôt le matin et reviennent seulement le soir pour dormir.

Des veaux. Moi, je dis que ce sont des veaux. Des suiveurs. Des types sans personnalité. Des miteux. Des beiges. Des gars qui ont abdiqué. Il faut être juste : pour qu'ils ne pensent pas trop, pour qu'il n'y ait pas de temps mort dans leur chienne de vie, on a inventé des trucs. On a inventé la bagnole, le crédit et la politique.

Justement, on est à la veille des élections.

Les nôtres. Les législatives. Et, moi et mes potes, on est en mission de confiance. La politique, on s'en fout pas mal. C'est plutôt pour arrondir notre fin de mois qu'on a dit oui à Jojo Meunier. En préélectoral, l'argent circule. Autant que ce soit nous qui en profitions. Surtout que l'essence vient encore d'augmenter.

Assez pissé. Je boucle mon intégral sur ma tronche. Je kick mon Monstre adoré et j'engloutis leur ville de merde sous une montagne de décibels.

Au bout de Charles de Gaulle, je suis à cent-vingt à l'heure. Je rétrograde. Je négocie. Après le virage, je sais qu'il y a quatre phares jaunes et acides qui m'attendent. Ils sont bien là. Je passe sans ralentir. J'entends aussitôt derrière moi, enveloppant ma nuque, un Concorde qui décolle. C'est zone de bruit, ce soir. Zone inhabitable, mes cons.

Au bout de l'avenue, j'attends mes potes. Juste un signe du gant et on repart. De front. Une seule personne. Une seule force. Un seul grondement.

Ça y est. Voilà du gibier. Les colleurs d'affiches s'activent sec en nous voyant débouler. Ils sont pris dans le faisceau des phares. Cloués par le vacarme. Ils finissent fébrilement de recouvrir les panneaux. Leur candidat, y mégote pas. Il empoigne des mots graves. Il les balance au-dessus de sa tête : liberté, éducation, participation, retraite à soixante berges, une nouvelle société — tout. C'est pas un avare. Pas un type qui ménagera sa santé. Il fera tout pour la démocratie, celui-là. Bon. Maintenant, on les a assez regardés. Les yeux de nos sauterelles à moteurs leur ont dévoré le dos, aux mecs. Et ça leur a pas suffi. Very good. C'est outrage à nous, ça. On éteint les moteurs. Sur un geste de moi.

Le silence est plus effrayant que le bruit. Ils se retournent, les gus.

On est descendus de machine. Cinq. En noir.

Du cuir. Avec des casques d'anticipation, si vous voyez. Cinq. Rembourrés aux épaules et l'habitude du cinéma. Vous aussi, j'espère ? Alors, je vous résume la séquence. Silence, Petit Boulot, Hifi et Pomme s'alignent sur mes gestes. C'est une bagarre très brève et très violente. Les colleurs d'affiches sont matraqués sur place. Massacrés. Abattus. Sauf les deux qui détalent. Je fais simplement un minuscule aller et retour de l'index dans leur direction et aussitôt, Silence et Hifi démarrent leurs motos. C'est la poursuite, le safari. Silence enroule sa chaîne de vélo autour de la gorge d'un des gars sans descendre de machine. Faut le faire. Je jurerais pas que je n'ai pas entendu un crac. Un bruit que j'apprécie — d'un « oh yeah » connaisseur. Pendant ce temps-là, Hifi n'a pas chômé. Y a pas de tarés dans la bande. Il a passé un lasso autour des chevilles du deuxième type et il le tire derrière lui comme dans les westernes. Sauf qu'il va moins vite qu'à l'écran. Premièrement, parce qu'on n'est pas des assassins. Two, parce qu'on ne dispose pas de l'accéléré. Nous, c'est pas truqué. Le type rebondit vraiment sur le sol. Le plus marrant, c'est les affiches qu'il tenait encore et qui se déroulent sur le parcours : liberté, nouvelle société et tout et tout. Hifi, pour montrer qu'il est relax, allume son transistor haute fidélité. D'où son surnom (vous m'avez suivi). Il

14

tourne en rond, Hifi, la cuisse droite ouverte vers l'extérieur, dans le sens des aiguilles d'une montre. Après, on transporte nos victimes dans une camionnette qui stationnait là. Elle est ornée d'un grand balai. On le trempe dans la colle pour réveiller le moins abîmé. On lui dégage un œil de la marée blanche. Un peu englué, le pingouin. On le met au volant. Silence, très gentiment, tourne la clé de contact et met en marche le moulin pour mâcher son travail au quinquagénaire. Il le met aux commandes. Il lui fait comprendre que c'est tout droit et qu'il ne peut pas se tromper. En prime, il lui colle une affichette sous le menton — façon bavoir. Il saute par terre, tape sur le toit et le mille-kilos hôpital démarre en titubant. Nous, on l'accompagne un peu. Juste histoire de voir si le driver s'amuse pas à rayer les murs avec sa carrosserie.

Tout va bien.

On roule. On roule. Hifi fait brailler son poste. À quatre vingts à l'heure, c'est la croisière. La liberté. Quelquefois, je me demande avec angoisse : qu'est-ce qu'on ferait sans nos machines ? Non, c'est vrai, qu'est-ce qu'on ferait ?

Pour le moment, on est heureux. On a retiré les casques. On les a posés sur le réservoir. On est jeunes, on est beaux. Je crois bien qu'il n'y a

15

que moi qui ai fait le grand saut : vingt-quatre piges déjà. Comme le temps passe.

Croyez-moi si vous voulez, parfois, en regardant mes gars, je me sens terriblement vieux et terriblement fatigué. Comme un lonesome cowboy. Comme un pilleur de banques interdit au Kansas, en Arizona et dans les Prisunics. Mais en général, le spleen ne dure pas. J'oublie le poids des ans. Et puis, ça me donne du prestige, la majorité. Attention, j'ai fait le Service. Pas la bataille de France, bien sûr. Mais enfin, para, j'ai été. Ça pose. J'ai gardé le béret. L'insigne aussi, au ciel de mon lit. Aussi la démarche. Ah, et j'oubliais, un tatouage bleu sur l'avant-bras. Le poignard avec, enroulé dessus, le serpent de la vengeance.

Allez, allez, plus je nous regarde, nous les Beuarks, plus je me dis que c'est nous la Fleur, nous la Jeunesse.

L'air est pur, la route est large. Elle traverse la ville du nord au sud. Et d'un seul coup, qu'est-ce que je vois ? Mais qu'est-ce que je vois ? Trois drôlesses qui s'escriment avec des pinceaux. Drôlement habiles pour la barbouille. Sorties de la Maison de Marie-Claire. Dans la sobriété, j'indique à mes gars qu'on ne s'arrête pas. Les motos passent, aveugles. Les filles, disturbées dans leur labeur, reprennent le collier. Elles chargent les panneaux de slogans M. L. F.

La pétarade des motos s'éloigne. À cent mètres de là, on coupe les moulins. Plus un bruit. On abandonne les montures et on progresse en Mohicans.

La femme est intuitive. C'est un fait. Dans le noir, à peine un glissement et pourtant la plus blonde, la plus chouette, s'arrête. Elle interroge la nuit, de la peur sous ses paupières bleues. J'ai tout prévu. Je gratte mon allumette. Elle s'allume en gros plan. Tout près d'elle. J'ai soigné mon effet. Éclairé par en bas, je prends l'air vraiment sarcastique. Comme dans les comics. J'approche la flamme du visage de la môme. Elle crâne. Elle ne bouge pas. Ça danse au ras de ses pupilles.

Je siffle. Presque de l'admiration. J'éteins la bûchette qui est sur le point de me brûler. J'en allume aussitôt une autre. En même temps, Pomme fait donner son briquet à gaz. Plein pot. Flamme au maxi. On dirait un chalumeau. Hifi plonge sa lampe électrique dans sa bouche. Ça l'éclaire de l'intérieur. Sous les yeux, ça fait des poches transparentes et roses. Dracula soi-même. Ça devrait impressionner. Au lieu de cela, la petite regarde ses pieds. Son seau de barbouille. Là, elle me file une idée. J'y laisse tomber mon allumette. Il y a une mini-explosion et une grande flamme fait son chemin vers le haut. La souris recule. Elle tombe dans les bras de Petit-Boulot, bouche tendue, prêt au baiser de cinéma. Moins

17

cinq qu'il lui roule un patin. Elle trébuche, recule encore. Hifi la reçoit et lui tord le bras derrière le dos. Au même moment, les deux autres filles qui ont profité de l'incendie, démarrent en voiture sur les chapeaux de roues.

Les mecs se marrent. Sauf moi. Je joue les flegmatiques. Les types de bonne foi. Je prends l'air hagard :

— Merde, chérie !... Mais... elles t'ont oubliée !...

Pomme ajoute en écho :

— Carrément.

Je fais semblant de courir un peu au bord du trottoir. Je m'arrête. Essoufflé. Apeuré. Je hurle après la bagnole qui tourne le coin de la rue :

— Oh ! Eh ! Oh ! Rev'nez ! Rev'nez !

Je me retourne et j'étouffe un sanglot d'orpheline.

Rire des autres.

Pendant que je fais mon numéro, que je passe à l'Olympia, le panneau qui est le plus proche du seau de peinture brûle gaiement. Il y a des flammèches qui grimpent à trois, quatre mètres.

Au loin, je jurerais qu'on entend les pompiers. Ouais, c'est ça, ils arrivent, les soldats du feu. Ils arrivent en pimponnant. Je me retourne vers mes potes. Je prends l'air pénétré du gars de la Météo. Je mets le doigt en l'air après l'avoir mouillé afin de mesurer la force du vent :

— Eh! Eh! Force cinq. Faut laisser faire les gars du métier.

— Venez, c'est plus de notre ressort! Nous, on bat la route.

On entraîne la gamine comme un colis. Je la fais monter derrière moi. Pour ce faire, c'est simple. Tu coinces la tête blonde et tu conduis d'une main. Ça monte vite, ces machins-là. Au bout de la rue, on est à cent. Je lâche la fille. Elle se cramponne. Je lui crie dans le vent :

— Si tu t'en vas, c'est que t'as du vice !

Elle me fait pas répéter. Silence s'amuse comme un fou. Il fait des pointes de vitesse à ma hauteur. Il se faufile tantôt à droite, tantôt à gauche. Il hurle :

— Tu lui plais! Elle s'accroche !

Tout ça est plutôt gai. Hifi a déclenché sa radio. Toute la gomme. Il y a plein d'applaudissements. Ça tombe bien, non? Et rugissement des moteurs.

On roule. On roule. On éclaire au passage des immeubles de verre. Mêmes rideaux. Mêmes lampadaires. Même connerie à tous les étages.

Et puis, d'un seul coup, un terrain vague.

Des palissades, des grues, des bétonnières, des engins aux bras gigantesques qui ont l'air de prendre un brin de détente, allongés sur le sable.

Je freine très sec. J'efface légèrement mon

corps sur le côté. La fille pique du nez. Je récupère sa tête sous le bras. On s'arrête. On descend des machines. On l'entraîne vers le chantier. C'est assez sombre et plein de trous. Les Indiens font le cercle autour de la blonde. Je la lâche. Pas besoin de lui faire un dessin. Elle a compris. Juste quand elle va faire O avec sa bouche pour hurler son désarroi, je lui paie deux gifles. Exactement comme ma mère m'a appris en tapant sur moi-même. Une grande technicienne, ma vieille, dommage qu'elle boive tant de jaja.

Je fais la voix douce :

— Alors, on joue à casser notre boulot ?

Pomme lui agite le doigt sous le nez comme un adulte qui fait des remontrances à son petit dernier :

— On saccage nos affiches ? Hein ?

Hifi prend l'air lugubre :

— On nous prend le pain de la bouche ?

Petit Boulot est hilare :

— C'est qu'on s'amuse pas, nous. On est des travailleurs.

Pomme frotte ses ongles pour les faire reluire :

— On est payés.

Hifi montre sa boutonnière imaginaire :

— On est des agents électoraux.

Petit Boulot se trempe le doigt dans un encrier et fait mine d'écrire :

— Des fonctionnaires.

Le chorus est parfait : trois, quatre.

— Faut pas jouer avec l'argent des prolétaires !

Silence et moi, on a laissé faire. Ça nous donne du poids. Si je n'étais pas le chef, ce serait lui. On tourne autour de la prisonnière. On la regarde sous les trous de nez. Comme pour un cheval qu'on va maquignonner. Je vais jusqu'à lui ouvrir la bouche pour voir ses dents. Hifi arrive avec sa lampe électrique. On lui zyeute les amygdales. On lui fait faire ah, ah, ah. Au même moment, bruit lointain de voiture de police. Je lui garde la mâchoire entre-bâillée :

— Ça, c'est tes copines de cheval.

Silence est bien d'accord.

— Elles nous ont mis les flics au cul.

— Pour des révolutionnaires, c'est pas joli, joli.

Je lui referme la bouche. Je la regarde. Je lui fais même un sourire cruel. Je lui décline mon identité :

— Je m'appelle BEUARK ! et j'épelle : B. E. U. A. R. K.

Les autres reprennent avec des hoquets de dégoût, comme s'ils avaient envie de gerber sur la terre entière : Beuark ! Beuark ! Je déchire le corsage d'un geste brutal. Personne ne s'y attendait. Elle se débat. Aussitôt, les quatre autres se précipitent sur elle. Il faut ça. Finalement, elle se calme. Pomme entreprend de faire les présentations :

— Moi, c'est Pomme. Lui, c'est Hifi, lui, Petit Boulot, et lui, c'est Silence. Dis bonjour, Silence.

Au lieu de saluer, il déchire la jupe qui tombe en rideau sur le sol. Wouaho ! À nous les Jeux Olympiques ! Je m'apprête à courir dans ma spécialité. Le cinq fois cent mètres avec relai. Alors là, elle se débat comme une folle. Heureusement que les Beuarks l'arraisonnent. Je me mets en position. Je m'avance avec mon bâton de maréchal raide comme manche. Au moment où je pense : nous voilà ! la fille libère un bras tout en pinces. Le crabe se faufile dans les anfractuosités de mon bénard et me tord les choses. Je pousse un cri de douleur et je ne peux pas me retenir. Je vomis tout sur mon passage. Du coup, les autres ont comme une hésitation. La suffragette se libère. Elle reste plantée au milieu d'eux. Elle attend un moment et puis, elle nous dit de tout. Elle nous abreuve, elle nous asperge, elle nous hue, nous apostrophe :

— Débiles ! Citrons, minables, connards !

J'en passe et personne à cette heure ne bouge d'un iota. On écoute. Sous le charme. Je récupère. Elle me regarde dans les yeux et c'est elle, de sa propre initiative, comme une grande, avec lenteur, avec un métier fou, qui enlève le reste de ses vêtements. Jamais vu ça, même à Paris.

— Alors, les mecs, demande-t-elle, où est l'étalon avec une bite en or ?

On n'en sait rien.

Franchement, on n'en sait rien, mademoiselle. Y a pas de volontaires. Pomme essaie de ne pas perdre la face. Il dit, pas trop fort :

— Merde. Une vraie rousse, comme au cinéma !

Mais personne ne rit. D'abord, parce que c'est vrai, ensuite parce que le gardien du chantier vient de faire son apparition dans notre vie. Sorti d'un pan de noir, il a un méchant revolver à barrillet à la main. Un obusier. Un canon de 75.

C'est notre nouvelle Ève qui, mine de rien, se dirige vers lui. C'est normal. C'est pour la protection. Sans nous quitter des yeux, le gardien fait quelques pas vers la cabane en planches où pendouille un téléphone. Il décroche, ce con. Je le regarde et je pense que c'est trop bête. Se faire alpaguer par un vieux juteux en retraite, la couperose au bord de l'explosion tout autour du tarin. Merde. Ça fait mal. J'en suis là de mes réflexions, quand je remarque que Vénus est passée derrière lui. C'est comme ça, la pudeur. Mais, d'un seul coup, badaboum, tranquillement, elle l'assomme avec une barre de fer. Sous sa casquette de cuir bouilli, l'alcoolique prend l'air terriblement fatigué. On se rue sur lui. Il a le revolver qui chancelle. Il prend des coups de

23

bottes plein la poire. En sang, il est le père de famille. Je raccroche le téléphone :

— Foutons le camp !

Les Beuarks se ruent vers la sortie ; Vénus nous regarde nous tailler sans bouger. Sa voix, c'est un miracle :

— Eh ! les terreurs ! Vous m'oubliez...

On s'arrête, cloués.

— ... comme mes copines.

— Amène-toi ! je m'entends dire.

Elle :

— Tu permets que je m'habille ?

Elle retourne à la cabine du gardien. Lui, c'est un petit tas bleu-marine. Elle l'enjambe et considère un porte-manteau. Finalement, elle choisit une chemise d'homme à raies. Elle l'enfile. Sur elle, la liquette prend une certaine élégance perverse. Elle ressort. Elle re-rentre. J'aperçois son derrière. Superbe. Elle est penchée. C'est beau comme un éclat de rire.

Elle crie :

— Eh !

— Grouille-toi !

— Viens voir !

On entre dans la guitoune. La fille est agenouillée devant deux caisses.

— Qu'est-ce que t'as trouvé ? Du pétrole ?

— Non. Des explosifs... On les emporte.

Hifi bredouille :

24

— Qu'est-ce que tu veux qu'on en fasse ?

Elle récite une leçon bien apprise :

— Il faut jamais laisser traîner des explosifs. Quand on en trouve, on les emporte.

Pomme suit son idée. Il est formel :

— Tu parles d'une rousse !

J'interviens :

— Et où on va les mettre ?

Elle n'hésite pas une seconde. C'est son cadeau de Noël. Elle y tient à sa chédite :

— Chez moi.

Comme on a le sens de l'humour, on se marre. Je lui tape sur l'épaule. Un coup à ébranler une locomotive :

— Comment tu t'appelles ?

— Véronique.

Sans plus un mot, on emporte les caisses. On les charge sur les bécanes. Véronique monte d'office derrière moi. On roule en formation. C'est elle qui nous mène.

— La prochaine à droite.

On arrive dans les quartiers résidentiels. Ici, c'est les rupins, les nantis. Les villas sont larges sur leurs bases. Tapies au fond des buis, des cotoneaster, des saules pleureurs. Dans la lueur des phares, on distingue un car de police, embusqué, englouti dans la nuit. Tous feux éteints.

— Continue, continue, souffle Véronique.

Trois rues plus loin, on s'arrête.

— Dis donc, Vérole, c'était chez toi, les flics ?

— Oui.

— Qu'est-ce que t'as fait, Vérole ?

— Rien. C'est pour ma Man-man.

— Qu'est-ce qu'elle a maquillé, ta mère ?

— Candidate aux élections.

On pouvait pas mieux tomber. Dans la cible, comme on dit de nos jours. Hifi, un peu Pied Noir, Hifi distille l'information :

— Papa, dis !… Une huile, mon frère !

— Ils la protègent. Qu'est-ce qu'il y a de drôle à ça ?

Rires nerveux chez nous, les Beuarks. Pomme tente une sortie :

— Peut-être bien qu'on travaille pour elle, dans le fond. Comment qu'elle s'appelle ?

— Charron-Delpierre. Ça vous dit quelque chose ? Madeleine, pour les intimes.

Rires polis pour la forme. J'essaie d'être réaliste. Un chef, c'est normal, et d'ailleurs, il le faut.

— Qu'est-ce qu'on fait avec ton 14 Juillet ?

— Les caisses ? Il faut les planquer.

Chacun dans son coin, nous réfléchissons. Dans le noir, il y en a sûrement qui rêvent qu'ils vont rentrer chez eux, que la soirée est finie, et qu'ils sont pépères dans leur plume. D'autres qui ne pensent à rien. C'est Pomme qui dégoise le premier. Il est en forme ce soir. Il balance :

— Celui qui a une idée, y lève le doigt.

Il le lève, la vache.

— À la décharge. On planque les pétards à la décharge. Personne ira les chercher là. Imparable, imparable, je vous dis.

La caravane s'ébranle. Je m'in-pette que ce qu'il a dit n'est pas si bête qu'il y paraît à première vue. La décharge municipale domine la route d'accès nord à la cité. Comme une falaise. On y arrive en roulant façon moto-cross au milieu des feux qui couvent sous les détritus. Je me masque d'un mouchoir. Ça m'amuse bien, en définitive, de passer au milieu des fumées. On se refait dans la joie une santé sauvage. Rien qu'à rouler, on se rebecte, on se renfourne, on se transfuse. Finalement, on enterre les caisses au fond du terrain, pas très loin du surplomb.

Silence prend l'air déprimé, il n'arrive pas à s'arracher du décor.

Je lui balance :

— Qu'est-ce que tu fais ? Ta prière, ou quoi ?

— Ouais, en un sens, il répond.

Il ajoute en montrant les colonnes de fumées jaunes puantes qui courent au ras du sol :

— Et si ça cramait ? C'est comme un volcan c' tendroit. Tu vois pas que ça explose ? Je prie pour que ça n'arrive pas.

Il a pas tort mais je lui cloue le taquet because mon autorité :

— T'es qu'un alarmiste.

Y trouve pas de réplique à ça. D'ailleurs, y en a pas. Et si y en avait une, j'aurais pas écouté. Question de principe.

Une fois redescendus en ville, on s'arrête. Finis les sentiments.

— Dis donc, Vérole, tu rentres à pinces. Nous, les flics, on court pas après.

Mais qu'est-ce qu'elle a dans le ventre, cette souris-là ? Qu'est-ce qu'elle a ? Elle est catégorique.

— Je ne veux pas rentrer chez moi.

Tous les Beuarks se taisent. Ils regardent leur chef. La bonne fortune lui revient de droit. Le cuissage, pas ce soir. Je me prends les couilles avec élégance, et je dis la vérité :

— Non. Merci bien.

Hifi s'en mêle :

— Alors, elle est à toi, Silence. Y a que toi qui habite seul. Silence m'interroge d'un coup de menton vers l'avant. Je lui fais signe que c'est feu vert en ce qui me concerne. Véronique intercepte, descend de ma moto et monte derrière lui. On se regarde. On s'est tout dit.

Pomme arrache sa machine :

— Bon, ben, bonne nuit, les petits !

Les autres l'imitent. Silence, à son tour, met la gomme. La fille se cramponne. Ils foncent sur le glacis des routes désertes où les réverbères balancent de très haut des baquets de lumière froide.

II

Silence met le cap sur un terrain vague.

Au milieu des graminées, il y a des vastes pelades, des pentes de sable griffées par les bulls, des trous remplis d'eau boueuse. Enjambant le tout, en colonnes par quatre, une armée de pylones électriques marche au-devant d'une autre cité de la grande ceinture. Porteurs de la haute tension humaine, indifférents au relief, sans passion véritable, les robots envahisseurs bourdonnent à voix basse au-dessus des derniers vergers qu'on arrache.

Aux pieds de l'un des monstres se cache un vieux fourgon de chemin de fer, à demi-rouillé par la pluie. Il est ceinturé de barbelés. De chicanes, de frises anti-chars. La moto s'arrête. Plus rien d'autre que les lumières de la ville qui clignotent sur le ciel. Au fond de l'horizon, un reflet orange signale le futur aéroport de Roissy.

Véronique interroge :

— C'est chez toi ?

— Non. Ça, c'est ma clinique privée. J'ai acheté le terrain et tout. Pour une poignée de dollars.

— Propriétaire, hein ?

— Qu'est-ce que tu crois ? Je bosse, moi. Tous les jours.

Il abandonne sa machine. Ouvre un cadenas. En même temps, il s'explique :

— C'est l'heure de ma cure. J'en ai pour dix minutes. Tu peux m'attendre.

— Non. Je rentre avec toi. Je veux voir.

Il hausse les épaules. Il traverse la cour. Elle le suit. Encore un cadenas. Silence referme successivement trois couches de portes. Entre chaque épaisseur, il y a de la laine de verre, des matériaux insonores. Enfin, il pousse le couvercle du sanctuaire. C'est capitonné en rouge, agrafé sur des cartons d'emballage et sur des coffrets à œufs. C'est exigu. Un peu bordel, un peu grenier d'enfant. Il y a un vieux fauteuil Voltaire. Un plafonnier. Un poster qui représente le Sahara. Il y a surtout un mobile. Dans du plexi, une huile lourde et colorée en bleu-azuréen se déplace. On dirait les vagues de l'océan roulant au ralenti pour se briser sur la grève. C'est parfaitement silencieux.

Le garçon s'assied. Il s'étire. Il décontracte ses jambes. Puis ses bras. C'est la nuque la plus difficile à débloquer.

Véronique reste debout, coincée. Il n'y a plus l'ombre d'un bruit. Curieux pantin, cassé sous les genoux, les yeux bleus rayés d'une mèche perpétuelle, Silence parle. Ou rêve, ou délire :

— Le silence intégral... écoute... zéro décibel... Le silence, altitude zéro... ça empêche de vieillir...

Et pas un son ne parvient.

C'est oppressant, le vide. Et puis, sortant du néant qu'elle écoute pour la première fois, Véronique guette au travers d'elle-même la montée de battements sourds et qui lui appartiennent :

— Qu'est-ce qu'on entend ?

— Ton sang... ton cœur... ta vie. L'intérieur de toi...

Tais-toi. Dure le silence. Gicle le sang. Pulse le cou. Siffle l'air dans le biniou des poumons. Le corps se fait machine à refouler, à pomper, à canaliser.

Véronique cherche du regard les yeux du naufragé volontaire. Paupières cousues, peine perdue. La jeune fille s'enfonce dans la solitude, dans le gouffre abstrait où bat, sans mugissement, le va-et-vient huileux du ressac. Si elle se met à compter les battements de son cœur, elle va s'évanouir.

À l'extérieur, sur le terrain vague, elle imagine les bruits nuancés et différents comme dans une jungle. Ici, le temps passe sans autre repère que le décompte vers la mort. Je suis comme une horloge, pense Véronique — remontée une fois pour toutes et pour combien de temps ?

Le garçon se lève. Il secoue la jeune fille. Abasourdie, asphyxiée. Elle remonte comme une noyée. Ils sortent. Le bruit de leurs pas paraît amplifié. Silence démarre la moto. Le fracas du moteur éclate, énorme, démesuré, écœurant presque. Elle porte les mains à ses oreilles, geste de protection. Le garçon se retourne, se marre. Elle grimpe derrière lui. En roulant, il s'explique. Les phrases arrivent par bouffées chahutées par le vent :

— C'est le sommeil des oreilles...

Rafale. Moteur. Cahots.

— ... Elles ont besoin de roupiller, comme les gens...

Changement de régime. Double débrayage. Corps penchés ensemble. Wrrum, wrrum, Vent.

— ... Sans ça, elles n'entendent plus. Elles meurent... et elles tombent.

Il se marre comme un fou.

Véronique colle sa bouche contre son oreille. Elle se soude à lui. Il n'a pas remis son casque — comme s'il était en dehors des heures de service.

— C'est toi qui l'as construit ?

— Ouais... tout seul... J'ai appris... J'ai bossé pour un toubib, Laffly, un professeur. Il m'a appris. J'ai travaillé six mois avec lui. J'étais aux matériaux. L'année dernière... Il faisait des expériences sur le bruit. À Roissy... pour l'aérodrome... On a fait un caisson à silence... C'était un vieux mec, mais je l'aimais bien. Il disait qu'il faut faire dormir les oreilles... Bref, je me suis fait un caisson.

— Tu y vas tous les soirs ?

— Tous les soirs... dix minutes... plus, on peut pas. Ça plafonne... Parce qu'on pense... on réfléchit à des tas de trucs... c'est pas bon.

Il se marre à nouveau comme un petit fou, Silence.

Comme il a ralenti, il remet toute la gomme et passe tous les rapports. On dirait qu'il cherche à faire le plus de bruit possible. À insulter l'atmosphère. La vitesse, c'est extraordinaire. On dirait qu'on ne touche plus le sol. On est entre ciel et terre. Entre vie et mort.

Silence, sans prévenir, s'arrête au bord du trottoir. Il se retourne vers elle. Avec sa drôle de gueule. Il a une trombine comme si sa mère ne l'avait jamais défripé, jamais repassé. Pourtant, il n'aurait pas volé sa patte-mouille. Le nez long, des épis plein les cheveux, un cou qui n'en finit pas. Il est parti pour faire une démonstration. Souvent, il est habité — comme ça — sans raison. Ça fait clic dans sa tête et il « voit », il imagine des trucs impossibles.

Plus de bruit. La ville dort. Rien qu'une rumeur.

— Tu vois ?

Silence ausculte la nuit.

— Tu vois ?… écoute… il disait…

— Qui ?

— Laffly… qu'à Roissy, au début, il va en crever quelques-uns. Le bruit sera trop fort. Mais ceux qui tiendront le coup, deux ou trois ans après, ils n'auront plus de problèmes. La paix du tympan. Seulement, voilà : il faudra leur faire des télés sur mesure. Avec une sono quatre fois plus puissante.

Une sono pour sourdingues, quoi !

Accroche-toi.

Et il repart dans un fracas épouvantable.

À deux kilomètres de là, fin du voyage. Terminus devant une H.L.M. aussi H.L.M. que les autres H.L.M. Ils montent dans un vrai ascenseur. Silence appuie sur 5/6 parce que la cabine ne dessert qu'un étage sur deux. Dans la nacelle couleur fraise écrasée, il y a des graffiti soignés. Entre autres un gros zob préhistorique qu'ils évitent tous deux de regarder.

Ils débarquent au sixième. Redescendent d'un cran. Silence brandit son trousseau de Yales. Il est assez fier de lui. Véronique le laisse faire. Plutôt touchant, ce môme. Une espèce de Modigliani-sport.

— Pourquoi tu vis seul ?

— Mon père est à l'hosto.

— Qu'est-ce qu'il a ?

Silence montre son larynx. Il y pratique une incision imaginaire du tranchant de la main :

— ... une canule, ici. Oh, ça va. Il se plaint pas. Ils disent qu'il en a au moins pour six mois.

Ils entrent dans le F 3 classique. Étoffes et lampadaires standard. Ils glissent sur le vitrifié jusqu'au canapé trois places transformable.

— Et ta mère ? Tu as bien une mère ?

— Dans la nature. Depuis longtemps. Avant l'hosto. Elle était trop bien roulée pour mon père. Il a pas fourni à la demande.

— Qu'est-ce que tu fais ?

— Comment ça, qu'est-ce que je fais ?

— Dans la vie ?

— Mécano, chez S.A.G.A.L. Huit heures par jour. Après, les bécanes, les copains. Et puis, je dors. Je fais ma cure. Tu veux un verre ?

— Un coca, si tu as.

— J'ai.

Il s'affaire jusqu'au frigo. Fourrage. Revient. Fait sauter la capsule. La fait tomber. Ne la ramasse pas.

— Comprends ce que je t'explique. À Roissy, ça ira. Mais après. Parce que ton oreille, si tu la fais pas dormir, elle s'endort de toute façon. Mais, complètement. Et si tu t'endors, t'as toujours un mec qui vient te baiser pendant ton sommeil. Moi, je roupille un peu parce que c'est obligé. Mais pas longtemps. Juste le sommeil naturel. Le reste, c'est une perte de temps. Un type qui dort dix heures par nuit, il paume cent cinquante jours par an. Si tu rajoutes cinq ans de fauteuil devant une télé, y a de quoi se flinguer. Alors, moi, je fais dormir mes oreilles dix minutes et après, je profite.

Il éclate de rire.

Véronique remarque qu'il a les dents plantées un peu dans tous les sens. Comme ses cheveux. Comme ses gestes. Ils ne disent plus rien. Une espèce de gêne vient de brouiller les cartes. La jeune fille se réfugie dans un bâillement.

— Où je dors ?

— Cette nuit ? Où tu veux.

Il fait le simulacre d'aplanir sa tignasse.

— Alors, elle est Député, ta mère ?

— C'est pas encore fait, hein…

— C'est marrant.

— Où je dors ?

Il se laisse tomber à terre. Araignée qui retire ses bottes.

— Où tu veux. T'es chez toi. Tu me plais bien, tu sais.

Il se relève. Il s'approche d'elle, en chaussettes.

— Dès que je t'ai vue…

Il se penche. Il lui touche l'épaule. Ongles noirs. Il lui prend la taille. Maladresse. Il lui met l'autre main sur un sein. Pas comme ça. Il l'embrasse. Elle ne se défend pas, mais elle reste insensible. Ça fait tout capoter. Il se redresse, complètement désuni. Elle est froide comme la banquise. Il percute un iceberg et se noie frappé d'hydrocution. Il lève un bras et se réfugie dans l'agressivité :

— Tu veux ou tu veux pas ?

— Non.

— Oh bon, reste.

Battu, Silence.

Il tourne le dos rond, passe dans sa chambre. Elle se tient raide sur le divan. Il claque la porte, histoire de.

Un temps.

La poignée tourne. Il revient. Trois pas seulement sur le parquet. Il dit :

— Les mecs vont se foutre de moi.

— On leur dira pas.

Il fait demi-tour. Referme doucement la porte derrière lui. Véronique s'étend sur le divan. Elle s'endort instantanément. À côté, Silence se déshabille en gambergeant. Sur le torse, il a un tatouage au crayon bille. Un gros zob. Il se met devant l'armoire à glace et essaie de l'effacer. Il trouve cela très con, d'un seul coup. Ça devient tout rouge. Il frotte. Il frotte. Il regarde vers la porte. Et puis, merde, il l'ouvre. À poil. Pas si mal baraqué. Il contemple la jeune fille qui dort. Il se gratte pensivement le bas-ventre. Puis les cheveux. Il passe d'un pied sur l'autre et s'en retourne. Pour ne pas réveiller Véronique, il laisse la porte entrebâillée.

III

Nicéphore est jardinier.

Il est aussi pensionné. S'est cassé la gueule en aéroplane. Résultat : un pavillon à antennes et un vieux Stamp qu'il a garé dans son jardinet entre le prunus et le truc du Japon. Tout de même, pour se venger de l'oiseau, il lui a coupé les ailes. Les cocardes sont à la cave. De temps à autre, Nicéphore se hisse sur une escabelle et s'installe aux commandes. Il fait BRRUM, VRRUM pendant trois quarts d'heure et redescend sur le plancher des vaches. Présentement parlant, comme il dirait, il taille les buis de Mme Charron-Delpierre.

Il est sept heures du matin. Soudain, son escabelle chanceau ou plus exactement, son escabeau chancelle. Voilà-t-il pas Nicéphore qu'il voit venir Mlle Véronique en liquette et sans bas. Elle machouille en outre une cibiche.

La cisaille du vieux en reste mâchoires pendantes. C'est qu'elle a des gambettes extasiantes et qu'elle est joliment nichonnée par surcroît.

Elle passe près de lui sans le regarder. Tête à gauche, il accompagne, le retraité. C'est quand même moins triste à voir que la Niçoise du calendrier des pompiers.

— Alors, Nicéphore, on salive ?

La salope. La coquine.

Véronique, pour sa part, surveille la DS de sa maman qui s'extrait du garage. Ou plus véritablement, elle fait semblant de ne pas la remarquer. Hanche à droite, hanche à gauche, elle s'engage dans l'allée qui monte aux pénates.

Madeleine Charron-Delpierre interrompt sa manœuvre. Elle appelle :

— Véronique !...

Comme l'abordage est sans succès, elle sort de la Citroën et injecte derrière sa fille.

C'est une belle femme, Madeleine Charron-Delpierre. Quarante-cinq ans. Quarante-huit, si l'on n'en parle plus. Mais de style énergique. Svelte, bien conservée pour tout dire. Les yeux bleus et lucides. Une femme avec un beau passé. Une personne qui aurait pu être aviatrice comme Jacqueline Auriol, ou infirmière en première ligne, ou grande résistante. Enfin, quelqu'un d'exceptionnel au même titre qu'un homme qui aurait eu du mérite et qu'on aurait décoré. D'ailleurs, elle l'est. Oui, la Légion d'Honneur, elle l'a. En plus, taille fine et de la classe. Un tailleur cher sur de la peau bronzée.

Elle rattrape sa fille qui s'égare sous le tilleul. Elle l'arrête par le bras :

— D'où sors-tu ?

— Je me suis fait violer.

Et elle jette son clop qui fumote sur le gravier.

— Violer ?

— Par cinq voyous de ta circonscription.

— Véronique, je t'interdis de dire des choses pareilles. Où as-tu passé la nuit ?

La progéniture, pour toute réponse, se met en marche, pénètre dans la maison, suivie par sa mère. Elle va droit au réfrigérateur et sort une bouteille de lait homogénéisé. C'est la génération qui veut ça. En décapsulant, elle commente :

— Attends d'être élue pour interdire.

— Où as-tu dormi ? Où est ta robe ?

— Aux mains de mes admirateurs. Tout ça m'a donné sommeil et j'ai dormi sur place.

Elle sort des céréales anglaises, car chez maman tout est raffiné. Du miel, aussi.

— Il faut que je me refasse une santé. Kellog's is good for me. Tu sais, Mama, ils violent très bien, dans le quartier.

Madeleine commence à sortir de ses gonds. Elle grince :

— Mais enfin, tu les reconnaîtrais ?

— Tu veux que je te les présente ? C'est pour ton usage personnel, Madeleine ?

La cocotte-minute explose. C'est vapeurs et compagnie dans la cuisine.

— Ta génération n'a vraiment de respect pour rien. Dieu sait si je suis ouverte aux idées nouvelles, mais les tiennes, les vôtres, vraiment... je n'y comprends rien. Rien ! Ce n'est pas difficile, rien !

— À huit jours des élections, est-ce que ça n'est pas grave ?

Ça pince et ça ne fait pas rire. Madeleine est touchée au point sensible. Elle tord machinalement un bouton qui lui reste dans la main et qu'elle serre sans s'en rendre compte.

— Ma petite fille, la politique n'est pas une plaisanterie.

Pour Véronique, la bouche pleine, c'est vrai.

— Madeleine, sur ce terrain-là, je suis tout à fait d'accord.

— Vous voulez tout fiche par terre. Mais vous ne proposez rien. C'est facile de dire crotte aux bourgeois. Mais, après ?

— Après, on verra bien. Cassons d'abord la croûte. Liquidons tous ces vieux cons.

— Les vieux cons t'ont fait ce que tu es : une petite bourgeoise qui passe ses vacances en Angleterre et qui a du fric.

— Ça m'emmerde assez.

Maintenant, Madeleine en a par-dessus la tête :

— Écoute-moi bien, Véronique. Écoute-moi bien, ma petite fille. Ce que tu fais te regarde. Je me suis saignée aux quatre veines pour toi. Ce que tu dis, la manière dont tu te conduis, est écœurante. Si ton père était encore là, tu n'agirais pas de la sorte.

— Oh, laisse papa, tu veux ! Il y a neuf ans qu'il mange du chameau par les deux bosses. Mort, papa ! Mort sous le gai soleil d'Algérie.

— Il a fait son devoir d'officier.

— Ça nous fait une belle jambe. Ça te fait peut-être une étiquette intéressante pour les élections. Mais ça ne va pas plus loin.

— Véronique, je t'en prie.

— Je me rappelle encore. Je nous revois. On avait l'air malignes toi et moi, quand ils nous l'ont renvoyé. Enroulé dans son drapeau comme dans du Sopalin. Français de port et d'emballage.

— Véro, je te gifle !

C'est sans effet. La blondinette fait semblant d'empoigner un téléphone. Elle est en pleine reconstitution.

— Je vous le livre à la mairie ? Nature ou sur un caisson d'artillerie ?

— Salope ! Tu n'es qu'une petite salope !

Madeleine se précipite sur sa fille. Elle est à bout de nerfs. Elle tape, aveugle, blanche, désordonnée de colère. Elle la bouscule, la bourre de

43

coups. Véronique glisse et tombe en se proté-
geant. Sa mère la harcèle, hors d'elle-même.

Elle s'arrête. Elle tremble. Elle ne comprend
pas comment elle en est arrivée là. Elle est pâle
comme une morte, comme un sucre. Véronique
relève la tête :

— C'est fini, Madeleine ?

La bonne espagnole malchoisit son moment,
juste comme Madeleine éclate en sanglots. Elle
voit tout de suite que le quart d'heure est folk-
lorique. Elle bredouille :

— Je m'escouse, Docteur, c'é oune client
pour vous. Dicé qué c'é ourgente.

C'est qu'elle est médecin, Mme Charron-Delpierre.

IV

Véronique est élève de socio à la Fac de Paris.
On est samedi matin. Elle sort des cours. Elle
est avec un copain, Étienne. Il est vêtu d'un jean
deux-pièces. Barbe et cheveux longs. Le visage
est du 16e arrondissement. Le reste est révolu-
tionnaire. Étienne, du haut de son mètre quatre-
vingt-deux, dit :

— J'ai demandé à Luis de passer. C'est lui
notre spécialiste.

— Où est-ce qu'il a percé ses dents, ton petit
camarade ?

— À Caracas. À l'Université.

Au bout du trottoir, ils arrivent devant un type
plutôt beau, un rien fatal. Le teint mat, la barbe
et les cheveux entièrement ché. Il porte à angle
raisonnable un chapeau noir à larges bords. Une
chevalière. Un lacet de cuir au cou. Des bottes
éculées.

Étienne fait les présentations. Luis a l'accent
espagnol. Une grande douceur dans la voix.

Ils font quelques pas sans rien dire. Elle est bien au chaud entre ses deux bonshommes. Elle se détourne vers Étienne, assez fière au fond de pouvoir dire :

— Pour ceux qui font courir le bruit que je perds mes soirées avec mes petites camarades M. L. F., je n'étais quand même pas mécontente de trouver cette dynamite.

Luis intervient :

— Ça se présente comment ?

— En caisses. Il y en a deux.

Ils arrivent à un bistrot et s'asseyent à la terrasse. Luis retire son chapeau. Il en essuie le fond. Ses cheveux se déroulent, d'excellente qualité.

— Il faut aller chercher cela le plus vite possible.

Étienne timbre sa phrase d'un ton efficace :

— Cet après-midi, j'aurai la bagnole.

Véronique ne le rate pas : peut-être parce que Luis la regarde :

— La bagnole à papa ?

— Et alors, qu'est-ce que ça change ?

— Rien, reconnaît-elle. Je dis simplement qu'à force de tirer sur ton cordon ombilical, il va bien falloir le casser. Il faut te libérer, mon grand « Tinou ».

— Écoute, Véronal, tu as de jolis nénés, des petites fesses expressives, mais reste à ta place, veux-tu ?

Passe un troupeau, une horde de chevaux sauvages d'étalons pas très maîtres de leurs sabots. Véronique les saisit par la crinière. Elle monte à cru, elle apostrophe :

— Mon pauvre Étienne ! Tu as encore du chemin à faire. Tu en es encore à découper les femmes en morceaux consommables. À tirer ton coup façon Passy. Et après démerdez-vous mesdames, démerdez-vous avec l'aiguille à tricoter ! Voyez layette ou utérus ! Les femmes, elles ne sont pas taillées dans la bavette. Elles vous disent merde. Le sexe fort, c'est périmé ! Les oppresseurs, c'est râpé ! L'idéologie du phallus-Rex, c'est du style Louis XVI.

Étienne se fend la pipe. Un rire plutôt jaune.

— Arrête tes ovaires. Tu vas nous faire pleurer.

— Pauvre mec.

Luis intervient comme s'il n'était pas intéressé par tout cela, comme pour revenir à une situation concrète.

— Véronique ? À quelle heure on vous retrouve pour la livraison ? Livraison, c'est comme ça qu'on dit ?

Elle se retourne vers lui. Il a les yeux noirs. Un léger sourire flotte sur ses lèvres. Une espèce d'admiration muette. La pudeur raye rapidement cette expression fugace. De sa voix râpeuse, l'étudiant demande :

— Vous savez comment s'appelle le chef des guérilleros, chez nous, à Vénézuela ?

Véronique le reprend en faisant signe que non :

— Au Vénézuela.

Luis tape dans ses mains. C'est un peu elle qu'il applaudit :

— Douglas BRAVO.

V

Samedi, treize heures.

Je sors de l'usine. Arrêt sur le trottoir. Je relève mon col. Dans mon dos, tout autour de moi, les ouvriers. Mes frères de chaîne. Ça déferle. Des Parigots, des Algériens, des Espagnols. Comme des automates, ils avancent. Ils ont des steaks frites ou des merguez semoule plein l'imagination. Les premiers vont retrouver leur Josette, une mégachiée de mômes et France-Irlande à la Télé. Les autres, une piaule d'hôtel surchargée ou bien le bar à arcades et mosaïque tenu par Mohamed sur les hauteurs de Meudon. Ils ont tous en commun une serviette de cuir avachie ou un sac de gym. Je regarde les vélos qui titubent au départ. Les 2 CV qui hoquètent de fumée bleue. Les motos de plus en plus nombreuses.

Je retrouve la mienne avec un rire dans le ventre. Je monte sur mon adorée, ma baladeuse, ma déhotteuse et on s'arrache à la masse. On sort du lot. On roule sur les quais — direction

Nord. J'imagine qu'à la même heure, Silence enjambe son bleu de travail et se lave les mains. Il ouvre son armoire métallique et prend son peigne en dural — un râteau à chien que je lui ai refilé — pour essayer de remettre un peu d'ordre dans sa crinière. Après, il enfile son casque, ses gants et il devient un homme.

Je roule aussi vers la Liberté chérie.

St-Denis-les-Flots, Pierreffite-la-Rouge, je me faufile entre les tôles d'une cohorte de bagnoles. En route vers les « secondaires ». Pare-choc contre pare-choc, les consommateurs du Dimanche roulent vers le barbecue, la tondeuse à gazon, la crème à bronzer. C'est le Wéquande, une maladie beaucoup plus grave que la chtouille parce qu'elle est plus longue et qu'elle se soigne moins bien.

À un feu rouge, je m'arrête en première ligne à côté d'une 404. Elle est attelée à une caravane avec antenne de télé et tout et tout. Je relève la visière de mon casque. Mon regard croise celui du conducteur. Un peu fuyard, le mec. Je lui fais le coup du mépris pendant le plus gros du rouge. Après, je ne sais pas ce qui me prend, c'est ça la gaieté, la Fête, je me penche et je regarde dans la voiture. Je constate les dégâts : bobonne, quatre enfants, Pépé et le clébard — sans compter les paquets, le youpala et le badminton.

Je prends l'air poli. Je balance au type :

— Vous oubliez pas l'argenterie ?

Et je démarre, juste avant le vert. Ça fait plus riche. Fascinés, les bourgeois. Ils regardent la moto s'envoler vers les espaces. Le feu est émeraude depuis pas plus de trois secondes que, derrière la caravane, c'est déjà haro sur le père de famille qui ne démarre pas. La censure, quoi. Ça klaxonne ferme. Il y a même un embusqué à phares anti-brouillard qui entonne la rivière Kwaï. Un vrai chorus de New-Orléans vers les années vingt-cinq.

C'est l'enchaînement sonore avec Hifi qui en écoute un sur sa module de frèque, entouré de Pomme et de Petit Boulot.

Ils sont au G. Q. G., un bistrot qui s'appelle le Narval, centre commercial numéro trois. J'y fais mon entrée sept minutes plus tard.

À peine j'ai planté la botte dans le troquet qu'un homme s'avance vers moi.

La cinquantaine. Un ruban à la boutonnière. À la bouche un sourire en or. Il regarde ce robot que je suis et dont on ne voit pas les yeux. Il déchiffre le nom écrit lisiblement sur le casque. B. E. U. A. R. K. Il tend la main. Je ne lui refuse pas. On shake. On fait cercle autour d'une table.

Silence fait son apparition. Le type est cousu dans un costume bleu à rayures. Confection supérieure. Pas moderne. Chemise Prisu neuve. Quand c'est raide, ça marque au cou. Cheveux courts, surtout dans la nuque. Tendance à l'embonpoint Mais des muscles en-dessous. Le genre énergique à regarder avec des poignets et des battoirs solides. Il a dû travailler de ses bras une bonne partie de sa saleté de vie.

Dans la réalité, ça fait cinq ans qu'il est embarqué dans la politique, Georges Meunier. Jo, pour les amis.

Il commande à boire. Il dit :

— Je m'appelle Jo, pour les amis.

Cette année, c'est le couronnement : il est devenu l'adjoint de Grignard. Monsieur Edmond Grignard. Des transports routiers Idem. Quinze camions jaunes, dont deux frigorifiques. Candidat à la députation pour le Val d'Oise — 95.

On boit. On cause. Georges allume une sèche. Laisse son œil bleu de cachalot flotter dehors sur la circulation épaisse. Il nous balade. Il nous parle des petits oiseaux comme à de vieilles connaissances qui n'ont pas besoin de s'entretenir de choses graves pour se prouver la haute qualité de leurs sentiments.

— Qu'est-ce qu'il y a comme bagnoles, aujourd'hui. Ça devient dingue. On parle de vingt mille morts cette année sur les routes.

Petit Boulot rétorque :

— Nous, avec les motos, on n'est pas touchés. Tant qu'ils foutront pas la vignette, on s'en tape.

— Bon. Revenons à nos moutons, comme on dit. Ça a marché, hier soir ? Les affiches.

Je le mets au courant :

— On a fait avec. On s'est un peu empoignés.

— Grave ?

— Facile. Plutôt rigolard.

Du coup, il brandit les banderoles. Il panique :

— Rappelez-vous, un Parti, la Politique, c'est pas une plaisanterie.

Silence lui assure qu'il trouvera pas plus sérieux que nous.

Pomme surenchérit :

— On est de bons clients, monsieur Jo.

— Mon Boss, monsieur Grignard, il ne veut pas de chambard. Il aime l'ouvrage bien fait.

On le rassure. On le réconforte. On le pougnouque. Dors tranquille, Jojo.

Là-dessus, le bistrotier apporte les consommations lui-même. Il pose en hypocrite le ticket sur la table. Je l'affranchis, très à l'aise :

— C'est pour Monsieur.

— Oui. C'est pour moi, admet Jo.

Il sort son portefeuille. Nous, on jette un coup d'œil pro sur l'objet en question. Ça croustille de biffetons. Le taulier s'en retourne, cousu d'or.

Georges prend la voix basse, le ton des confidences :

— Je me fous des autres panneaux. J'ai fait un tour, ce matin. Il y a de tout. Demain, en sortant, je veux voir mes affiches impeccables. Seulement les miennes. C'est vu ?

Je frotte mon pouce contre mon index.

— Money !

— Après le scrutin. C'est bien ce qui est convenu, non ?

— Jo, si tu paies pas tout de suite, on ira jouer ailleurs.

— Je ne peux pas sortir du fric devant tout le monde, mes enfants.

Je me fais l'interprète de mes petits camarades. Je plonge des mains avides sous la banquette.

— Appelons cela un dessous de table.

J'attends. Je claque des doigts. Georges Meunier sort son porteflouze. Il le met à hauteur de son entre-jambes, trifouille, sort des billets et me les passe sous le formica. Je m'en saisis.

Georges referme la boutique.

— Le reste, après le scrutin.

J'évalue la liasse. Une de mes mains revient sur la table. Deux doigts en l'air :

— Deux jours ! Deux ! Hier et aujourd'hui. Et aujourd'hui, c'est tarif double.

Georges retrifouille. Des coupures cheminent vers les profondeurs.

— Pour ce prix-là, il bougonne, je veux des résultats… À croire que Zeus l'a entendu.

Ce qu'il demande ne se fait pas attendre. Une

gigantesque explosion ébranle les nimbus. Déflagration sublime dans le bistroquet.

Les vitres du Narval volent littéralement en éclats. Un type au comptoir porte la main à son visage. Il regarde le sang qui rigole sur la ligne de vie. Il devient pâlot. Il hurle comme un fou :

— Faut prévenir ma femme ! 471 60-67, vite !

Georges se lève. Ma parole ! Il flageole dans son bénard du dimanche. Pourvu qu'il s'oublie pas. Je le retiens par le poignet :

— On se revoit quand ?

— Je ne sais pas bien, il fait... Je m'en vais. Ça va grouiller de flics. C'est peut-être grave. Qu'est-ce que c'est que ce gâchis ?

On n'en sait rien sur le moment. Il est déjà parti. Pomme lui fait au revoir comme un gosse. Il braille :

— A'voir, a'voir, Jojo Meunier !

Le patron et la patronne s'affolent au milieu du verre pilé. Ils ramassent une table. Ils se prennent les pattes dans une chaise. On sort la serpillière. On assied le type qui beugle :

— C'est l'œil ! Merde, l'œil ! J'y vois plus ! J'avais 10/10 !

Le patron s'essuie pensivement les mains sur son tablier bleu. Il s'interroge à voix haute et consternée :

— Qu'est-ce que ça peut bien être ? Une bombe ? Ça peut être qu'un n'attentat...

Je remets mon casque. Je regarde Silence qui en fait autant. On prend congé.

— Tu sais ce que je pense ?

— Je pense que tu penses la même chose que moi.

— Alors, on va voir.

On sort tous les cinq. On enjambe la cohue et à dia. On fend les badauds qui sardinent en rangs compacts. On enfourche les bécanes. On fonce vers la décharge municipale. Il y a des pimpons et des la la la à tous les carrefours.

Je me penche vers Silence :

— Ça y est, c'est la guerre !

Là-haut, sur la décharge, il y a du spectacle. Il manque purement et simplement un énorme pan de falaise. À la place, un trou noir. Ça fume. Hifi retrouve les intonations de Babel-Oued. Macias, c'est rien à côté :

— Bir Hakeim ! J' te jure, pareil, mon frère.

Les détritus, les ordures, les vieilles cuisinières Scholtès et beaucoup de frigidaires ont fait le grand saut en une superbe coulée de merde. C'est retombé artistiquement sur les bagnoles qui sommeillaient pare-choc contre pare-choc pour aller prendre l'air pur. Un vrai malheur. Une catastrophe nationale. On le verra sûrement ce soir à INF 1 et 2. L'embouteillage s'allonge jusqu'au virage.

Pomme trouve le mot qu'il faut :

— Y en a qui doivent respirer que d'une narine !

À ce moment-là, une voiture sport débouche à vive allure de la courbe et n'a plus le temps de freiner. Badaboum et plusieurs bing : le suppositoire de course s'encastre dans l'embouteillage. Il est suivi fidèlement par cinq ou six guimbardes de série qui voulaient prouver qu'on peut rouler tout aussi vite en berline à pédales qu'en Alfa, mon Roméo. C'est fini, les vacances. En prime, il y en a une camionnette rouge qui prend feu. Ça court dans tous les sens. En tête du convoi, ça klaxonne, ça trompette, ça cornemuse.

Silence s'assied et commente :

— La Société de consommation qui s'affole.

Petit Boulot traduit par :

— C'est la merde ! C'est enfin la vraie merde !

Et Hifi trouve qu'on se croirait au Gaumont-Palace.

Nous, les Beuarks, on n'en peut plus. Faut qu'on s'hilare.

Un énorme fou rire collectif. Et puis, on fonce, on descend la colline, on coupe à travers champs, si j'ose dire.

On arrive de la sorte au milieu de l'embouteillage qui s'est reconstitué derrière l'accident. Les premiers flics font leur apparition. Il y a des bonnes femmes qui font leurs vaps sur des couvertures écossaises. Les sirènes grondent. Il y a des types en chortes tout blancs, un peu poilus quand même, qui vont à gauche, à droite et qui reviennent sans rien faire d'efficace. Ils ont les bras qui pendent. Ils rendent compte à leurs mémères. Il y a des enfants qui pleurent. D'autres qui rigolent, qui disent :

— Papa, t' as vu la DS ? C'est pas solide, hein papa, que c'est pas solide, la DS !

Bref, c'est bloquada.

Pomme s'écrie :

— Je connais un autre chemin.

Demi-tour. On fonce. On vibure. On ferraille. On traverse en coup de vent une autre banlieue semblable à la nôtre. On passe devant des collègues. Une bande qui nous ressemble. Sept gus assis aux pieds de leurs machines et qui font du gringue à trois minettes. Les «JAPS», ils s'appellent. Rien que des bécanes Honda, Yamaha, Suzuki et tutti quanti. Leur chef n'en croit pas ses yeux de nous voir passer. Nous, les Beuarks, sur ses terres ? C'est violation des accords et compagnie.

— Qu'est-ce qu'ils foutent chez nous, ces empafés-là ?

— C'est les 750.

— C'est possible, mais on y va.

Les sept Japs démarrent façon police avec demi-tour préalable. Une des minettes s'agite.

Elle bouge dans sa mini-jupe. Le vertige sur des collants « long legs ».

Elle dit au chef :

— Emmène-moi, Liberty ! Soye pas vache !

Elle monte derrière lui, sûre de son charme, de son pouvoir.

Elle se juche, l'amazone de banlieue nord. Liberty, il a un sourire cruel comme sur les illustrés. Il met plein pot. Ça cabre la machine. Bronco ! La fille tombe misérablissement sur le cul.

L'égérie se le frotte :

— C' que t' es vache !

Elle en pleurerait. Les copines la récupèrent. Elles lui font le ménage de ses fesses. La poussière tombe encore. Sa culotte, elle est orange.

Là-bas, les Japs foncent, carburateurs grands ouverts. Mes hommes ont abandonné leurs motos au sommet du talus. On descend à pas de géants dans la poussière. C'est le Colorado.

En bas, on prend un bain de foule. On serre les mains qui se tendent, qui nous remercient. On va d'une voiture à l'autre. On fait des blagues. On est dans les délices. Quand on pense que tout ça, c'est à nous. C'est notre œuvre. On pique un ballon de foot et on fait une descente. Petit Boulot marque un but sur un vieillard affolé. On discute avec deux automobilistes à la fois. On fait les reporters. Hifi a sorti son transistor. Il demande :

— Pour Europe, s'il vous plaît, vous êtes pour ou contre la concertation ?

Les mômes, les chiens-chiens, les belles, les moches et les belle-doches pleurent leurs aché-lèmes.

Un type :

— Tu vois, on aurait mieux fait de rester. Faut pas sortir le week-end.

Sa femme :

— T'aurais regardé le mâche à la télé. C'était quoi, déjà ?

Le type (d'une voix morne) :

— Marseille-Sochaux.

Sa femme :

— Ah, les Sochaliens… ! Moi, j'aurais fini ma jupe. Tu sais, l'écrue.

Et c'est vrai, mes bourriques. Vous eussiez dû rester peinards. At home.

Là-dessus, les Japs arrivent comme un fléau. Ils traversent le terrain vague. Ils s'arrêtent en vue de nos cinq machines qui refroidissent. L'un d'eux fonce vers elles. Il a des intentions dévas-tatrices. Liberty lui tape sur l'épaule :

— Jamais les bécanes, enfoiré !

— T'es taré ou quoi ?

Question de prestige, Liberty lui tourne le dos, puis, comme dans les films, il se retourne et se détend. Un direct terrible. Le gars est au tapis.

Ses bottes se frottent l'une contre l'autre de douleur.

Là-bas, sur la route, Pomme embrasse une rombière un peu forte mais pas semelle et bien appétissante. Sur les joues, joyeusement en somme. Petit Boulot passe derrière lui. Il prend la main de la trentagénaire et la lui baise :

— Excusez mon petit frère, il est familier.

Elle rit comme une jument poulinière à laquelle un dragon aurait flatté la croupe.

À ce moment-là, les Japs arrivent. Ça change tout. Ils ont l'avantage du nombre et de la surprise. Parmi les naufragés de la route et les hurlements des occupants paniqués pour leur matériel, c'est la bagarre. La faridon. Dondaine, dondon, westèrne. On marche sur les capots. On saute depuis les toits des diligences. On rue dans les brancards. Il n'y a, en somme, qu'un seul inconvénient, c'est qu'on déglume. Et on en prend plein la poire.

Pour tout dire, on est bien abîmés. À tel point que je hurle :

— Tirons-nous !

C'est la déroute. Dans le désordre, on remonte la pente. Hifi, attardé, en prend en supplément. Arrivés en haut, on tombe sur les bécanes japonaises.

Silence me demande :

— On les réduit de moitié ?

— Touche pas, c'est sacré.

Hifi arrive très mal en point. Il agonise au soleil un moment en se tenant affectueusement les choses. Derrière le talus, la horde des Japs progresse en aboyant. Il faut repartir. Les lourdes 750 foutent le camp sous les quolibets. Au bout du terrain vague, on croise les trois minettes. Elles ont suivi en se tordant les pieds. On s'arrête. On attrape la plus voyante. Silence lui met la main sous le menton.

— T'es vachement kitsch.

— Dorothée Bis soi-même.

Et on la déshabille séance tenante. Les autres nénettes se tirent. On dirait des oiseaux englués dans la marée noire. Elles jettent les jambes de côté. Il faut dire qu'on court mal dans la poussière et sur les bosses.

Quelques ménagères, retour de Suma, font des O avec la bouche et hâtent le pas. Il y en a bien une qui se retourne, mais ça lui fait manquer le trottoir. Elle se bousille la cheville et ça lui fait atrocement mal. Il y a des mômes d'une dizaine d'années qui passent en vélos. Ils se la rigolent bien. Petit Boulot fignole. Il balance un grand coup de pompe à Dorothée Bis. Juste au milieu du derche. Et on la lâche à poil sur la route. Un spectacle, je vous jure.

Nous, les 750, on disparaît en mugissant.

VI

À cinq ou six minutes près, à la même heure, Madeleine Charron-Delpierre est sur le départ. Son bel arrondi calé sur le papier buvard du bureau, d'une main elle caresse ses jambes posées sur le fauteuil, de l'autre elle tient l'ébonite du téléphone.

En même temps, il y a la radio qui s'en donne à cœur joie. L'indicatif racole dans les airs des clients à apitoyer : écoutez, bourgeois, c'est la cata. À Europe, ils y vont du flash spécial. C'est du bon, de l'excellent matériau, ça, l'explosion. Et je t'y vais du compte-rendu dramatique et notre envoyé spécial est-il en ligne ? Loulou y es-tu ? Non, y est pas. Et patati et patata. Pensez, pensez à la misère de ces pauvres gens comme vouzémoi, bloqués sous des tonnes de détritus. Des zétrons, des zordures, des zépais et dégobillatoires zustensiles zéboulés sur leurs zautos. Il faudrait faire donner la troupe. Eux seuls, ils z'en ont des pelles, des pioches des clous des godillots des carottes dans le ventre des navets dans les mollets. C'est bien connu, dans la troupe, y a pas de jambes de bois. Y a des cons, mais ça ne se voit pas. Madeleine, elle en sourit, elle en biche, tout en parlant à son interlocuteur.

— Écoutez, Jean-Philippe, elle dit, ne larmoyons pas trop. Ce n'est guère le moment. Alors, soyez efficace, voulez-vous ? Et passez me prendre... oui, tout de suite... bien sûr, tout de suite. Il faut que je sois la première sur place pour organiser les secours. Je suis médecin, après tout...

Elle raccroche. Elle en est à vérifier sa trousse d'urgence, son matériel à extrême-onction, quand Véronique — qui a tout entendu — entre en fumiguant une Pall Mall, famous cigarette.

— Alors, Madeleine ? Tu pavoises, hein ? C'est tout bon, ça, pour toi.

— Qu'est-ce que tu veux dire ? Je ne fais que mon devoir. Bien sûr, Grignard va se payer la jaunisse, mais ça ne me fait pas de chagrin.

Elle rit, très détendue. Elle se passe une crème sur le visage, le reste sur les mains et tant pis si sa peau brille. La lanoline, ça protège du froid.

À ce moment, on sonne. Madeleine fait une sortie dans le hall :

— Jean-Philippe, déjà ? Pas possible. Maria ! Allez voir, je vous prie. Faites-le patienter.

La bonne espagnole pose le zébracier et traîne

la savate jusqu'à la grille. Elle tombe sur Petit Boulot. En larmes de rire. La dégaine. Avec une moustache postiche de carnaval qui plane sous son nez.

— Coucou ! C'est l' facteur ! Y a un paquet.

Maria, méfiante à cause de tout ce qu'on lit dans les journaux, recule de six pas.

— Qué cé qué cé ? Vous partir. Fuera ! Ou alors, j'appelle Police... !

— Un paksif, un p'tit pakson, je vous dis...

— Qué ?

— Pour mademoiselle Véronique... euh — il regarde le nom sur la plaque — Charron-Delpierre.

Maria lui prend le paquet des mains par surprise et s'enfuit en courant vers la villa. Olé ! Sans demander son reste. Elle arrive dans le hall, les mains tremblantes comme des castagnettes et reste plantée devant sa patronne qui, talons plats et tailleur tweed-sport, est nickel pour se dévouer à la Société. Maria se débloque à la chaleur, passe devant Madame et tend le kraft à Véronique :

— Ce pour Mademoiselle.

Madeleine a un pressentiment. Elle secoue la tête :

— Non ! Véro, n'ouvre pas.

L'intéressée fait un geste pour signifier de quoi je me mêle.

— Tu sais bien que j'ai reçu des menaces…

— Bon. Eh bien, tu vas dans la cave, tu mets ton casque et tu te bouches les oreilles.

Elles se regardent de travers. La guerre éclate pour un rien. Véronique fait sauter les ficelles, ouvre le paquet. Au lieu d'une bombe à retardement, elle trouve la tenue kitsch de la nénette des Japs. Toutes les couleurs de l'arc-en-ciel illuminent la pièce.

— Qu'est-ce que c'est que cette horreur ?

— Le cadeau d'un amoureux. Je vais me changer.

Cinq minutes plus tard, c'est fait.

Par la fenêtre de sa chambre au premier étage, Véronique voit une voiture s'immobiliser juste devant la grille. Genre voiture de P. D. G. Deux coups de klaxon. C'est Étienne qui sort de la voiture de papa. C'est fou ce qu'il fait fils de famille. Luis est resté assis. Il se penche un peu à la portière. Il scrute la maison. Sans aménité. Eh oui, bonhomme ! En France, il n'y a que les bourgeois pour faire la Révolution ! C'est pour ça qu'on attendra encore un peu.

Elle a revêtu le costume de lumière, Véro. C'est vert, c'est rouge, c'est même violet et un peu tango sur les bords. Elle se regarde dans la glace. Se fait un clin d'œil. Se le rend. Complète par une touche tonitruante de rouge «Tentation» et descend l'escalier. Elle est parée comme une châsse, fardée quant aux paupières de deux coups de grisou. Madeleine, qui attend toujours Jean-Philippe, la voit arriver dans cette tenue. Tout de suite, elle monte à des altitudes, à des trémolos :

— Oh non ! Véro, tout, mais pas ça !

— Mais si, mais si, maman.

— Tu es folle à lier.

— Je sensibilise ton électorat ! Je lui redonne le goût de la Fête. Il faut plaire de nos jours. C'est une idée-choc. Tu devrais faire comme moi : Votez in ! Votez Charron-Delpine !

Et elle sort.

Au bord du trottoir, derrière la voiture des deux étudiants, Jean-Philippe Delaroque, vingt-huit ans, diplômé de l'E. N. A., bras droit de Madeleine Charron-Delpierre, second de liste, attend au volant d'une berline noire. Presqu'une voiture officielle. Cossue, avec téléphone. Manque plus que la cocarde.

Véronique, en se déhanchant, va jusqu'à lui. Le beau Jean-Philippe n'en croit pas ses yeux.

— B'jour, Jean-Phi. Toujours guindé ? Et votre maman, ça va ?

— Bonjour, Véronique. Oui, merci.

— Ma maman à moi arrive tout de suite.

Elle montre son propre costume.

— Elle se change et elle est à vous... le même... mais en couleurs.

67

Soufflé, l'exquis jeune homme.

Véronique s'éloigne. On peut porter des costumes gris-anthracite, des cravates moirées, des cols demi-souples sans pour autant se désintéresser des drôlesses. Il se penche, le jeune premier, et regarde s'éloigner la belle image. Fausse sortie. Véronique revient. Pris en flagrant délit, le jeune homme, obsédé du Toboso, le mignon, comme tout le monde. Véronique l'embrasse violemment sur la bouche. Elle y laisse un fulgurant dérapage de ses lèvres, une bonne vieille trace de rouge indélébile. Il s'essuie fébrilement. Il s'éponge, il efface l'infamie. Elle, là-bas, voltige-tige dans sa robe corolle et monte dans la voiture des étudiants.

Étienne demande :

— Qui c'est, ce gus ?

Véro toise ses hommes. Elle aime qu'on soit deux autour d'elle. C'est sans danger et terriblement compétitif. Elle dit :

— C'est le bras droit de maman. C'est aussi sa cuisse gauche. Mais si elle arrive assez vite, il va avoir un tout petit problème.

La voiture roule. Véronique regarde Luis. Elle aimerait le troubler. Il semble incorruptible. Ça agace à la fin. Il demande de sa voix égale :

— Alors, la dynamite ?

— Ah oui. C'est vrai... la dynamite.

Elle en attrape le fou-rire. Luis demande à nouveau :

— Alors ?

— Alors ?... Pfuit !

Étienne redoute tout de suite le pire :

— Quoi, Pfuit ?

— Les explosifs, c'est fait pour exploser, non ? Alors, Pfuit ! Tu n'as pas vu la route touristique en venant ? Au nord de la ville, c'est le grand canyon à six heures du soir.

— Alors, qu'est-ce que je suis venu foutre ici, moi ?

— Avant ta période révolution, tu ne te demandais pas ce que tu venais faire ici, Tinou.

— Avant ma période Révolution, je ne savais pas quoi faire de ma peau. Je me foutais bien de l'endroit où elle traînait

— Y a pas que ça, Tinou. Tu as changé.

— Jamais de la vie. C'est toi qui as changé. Moi, je suis pareil. Simplement, je ne fais plus que des choses importantes, c'est tout.

— Avant, tu me faisais l'amour. Fais-moi l'amour.

— Véronal, tu me fais chier.

— Tu n'as pas besoin d'être grossier pour avoir l'air viril.

Luis intervient :

— Comment c'est arrivé, cette explosion ? Racontez, Véronique.

VII

Ailleurs, dans la ville, la voiture de Jean-Philippe glisse vers les lieux du sinistre. Le jeune homme tient encore un kleenex à la main :

— Raconte, raconte. C'est facile, tiens. On dirait que tu ne connais pas ta fille.

Madeleine prend l'air indulgent :

— Je vais te dire un secret : elle me ressemble quand j'étais plus jeune. Mais surtout, surtout que ça ne s'ébruite pas.

Elle garde une expression amusée sur le visage. Elle ne voit plus la route. Ses yeux se perdent dans le vide. Elle pense à sa jeunesse, Madeleine. À la Libération de Paris. À son mari. À sa vie de maintenant. À cette activité compensatrice qui lui prend le plus clair de son temps. Qui la change. Qui la ronge. Elle est entrée en Politique comme d'autres deviennent gros mangeurs — par peur de l'oisiveté. Avec appétit. Avec une volonté désespérée. Les années vous durcissent les artères et le cœur.

Elle regarde Jean-Philippe, son amant. Il lui fait un sourire. Elle le lui rend. Mascarade, mascarade. Elle le juge sans complaisance. Plus tard, sa bouche sera plus tombante. En vieillissant, on prend la tête qu'on mérite. Il s'épaissira autour de la nuque, au contour des hanches. Il deviendra un professionnel endurci. Il se défera d'elle sans douceur, c'est bien probable. Avec la courtoisie froide des alibis calculés. Ce sera pire que tout. On n'aime plus à mon âge, pense Madeleine ; sa propre lucidité la transperce, plus douloureuse qu'une aiguille. Elle frissonne, se secoue :

— Jean-Philippe, accélère. Tu te promène, dis ? Nous n'allons pas au bois. Qu'est-ce que tu as prévu ?

— Du lait pour les mômes. Des sandwiches pour ceux qui ont le droit de vote et des couvertures pour les belles-mères. Et puis surtout de bonnes paroles… mais ça, c'est toi.

Et c'est vrai. Madeleine est sur le point de se dégoûter, de se mépriser. Elle n'est plus qu'une marchande de vent. Une seule excuse à cela : c'est que les gens en demandent et en redemandent.

Madeleine et Jean-Philippe sont maintenant au milieu des sauveteurs. Des gens de la Croix-Rouge — ceux qu'on voit les dimanches planter des tentes de premier secours au bord des arènes — distribuent du café. Le plus gros de l'émotion est passé. On en est à la parlotte. À l'héroïsme. À distinguer ceux qui tireront parti de la fâcheuse situation et ceux qui la subiront jusqu'au bout.

Un groupe entoure les Officiels venus du ciel pour leur tendre la main. La connerie humaine trouve enfin le moyen de s'exprimer. On entend des dialogues hallucinants :

La femme-qui-voulait-terminer-sa-jupe :

— Mon Dieu ! Et le petit qui va être inquiet. Il doit être rentré de son foot-ball. Il n'a rien pour son dîner. (Elle sanglote.) Il est parti avec rien sur son dos. Il a pas de clé. Même ma concierge, elle est à la campagne.

Son mari, le-type-qui-voulait-voir-le-mache se tait, écrasé depuis vingt ans par sa femme qui continue son ronron et dont c'est le 14 Juillet, l'apothéose. Enfin, quelque chose est arrivé. Madeleine regarde ce conjuguo moyen qui s'épanouit sous ses yeux. Elle prend un sourire de circonstance. Elle hoche gravement la tête. Avec compréhension, avec bonté, comme on dit :

La femme-qui-voulait-terminer-sa-jupe :

— Je t'avais dit, Antoine, qu'on aurait dû rester. Le samedi, faut pas bouger. On le sait, pourtant. Qu'est-ce que va devenir le petit ? Toi, t'aurais regardé ton mache...

Madeleine vole au secours du couple. Elle est

pleine de mansuétude, pénétrée du dépassement d'elle-même :

— Allons, allons, madame, ne vous mettez pas dans cet état. Moi aussi, je suis mère. À notre époque, les enfants sont débrouillards. Quoi qu'il en soit, je vais me mettre en rapport avec le commissariat de votre arrondissement...

— Vous êtes trop aimable, madame. C'est le 19ᵉ.

— Je vous promets qu'on prendra soin de lui. Voyons voir... Le 19ᵉ... le 19ᵉ... Jean-Philippe ? si je vous dis 19ᵉ, vous me répondez ?

— Tourriol. Le commissaire Tourriol. Je lui téléphone ?

Quelques groupes plus loin, une voix rocailleuse, bien placée, semble répondre à la question :

— Téléphonez-lui de ma part : Grignard. Edmond Grignard, député sortant.

Madeleine se retourne, stupéfaite. Ses pupilles se rétrécissent. Son concurrent est là. Plastronnant. Larges manchettes. Chapeau gris. Il affecte de la découvrir. Il la salue avec une exquise courtoisie.

— Bonjour, docteur. Merci à vous d'être venue.

Ils se serrent la main. Plus l'accolade est longue, plus grande est la chance d'être poignardé. Voilà ce que disait mon père, pense

73

Madeleine en devenant belle dans l'éclat de son sourire. Le type et sa femme sont restés seuls, à quelques encâblures. Plus personne ne se soucie d'eux. Ils sont retournés à la poussière du sordide anonymat. Encore deux phrases et ils s'éloigneront en se tenant par le bras. Ils retourneront à leur vie. Telle qu'elle est. Elle prendra l'air excédé. Il baissera la tête. Voilà comment sont les choses.

Le-type-qui-voulait-voir-le-mache :

— Clémence, pourquoi avoir inventé cette histoire d'enfant ?

La-femme-qui-voulait-terminer-sa-jupe :

— Et pourquoi pas ? Ça pourrait être vrai. On pourrait avoir un enfant. Pourquoi on n'en a pas ?

VIII

Ailleurs, dans la ville qui s'est refroidie, inondée par les premières buées de la nuit, Véronique et Étienne se séparent. C'est une chamaillerie entrecoupée de baisers. Une discorde sur le principe, comme d'habitude.

— Tu dis ce que tu veux, et moi je pense ce que je veux. C'est ça la liberté. Tu es pour la Liberté, non ?

— Je ne veux pas discuter. Pas me battre.

Il se penche sur elle, l'embrasse.

— Je te demande seulement si on peut les utiliser en commandos, tes jeunes héros des banlieues ouvrières.

— Non, na.

— Bon, eh bien, voilà, c'est clair.

Un baiser. Un recul. Un silence. Il cherche ses yeux dans le noir.

— Tu me les présenteras quand même.

— Compte là-dessus.

Elle s'éloigne en courant. Elle franchit la

grille de la villa. En la refermant, elle ne voit pas Étienne qui se fond dans le noir. Simplement la braise de la cigarette de Luis qui est resté dans la voiture.

IX

Nous, les «Beuarks», on arrive comme la foudre au Narval. C'est la joie, mais on a quand même besoin d'un remontant, d'un cordial, d'affection, pour tout dire. Renée Rochu, la taulière, notre muse auvergnate, est en train de balayer les débris de verre.

Histoire de la mettre dans l'ambiance, mes gaillards mettent la gomme sur place. Cinq points fixes, ça pose une situation. On use deux trois bols d'essence sur le trottoir et on coupe les moteurs. On fait notre entrée dans le bar en marchant façon Conquistador. On entoure la bonne femme. Petit Boulot, toujours en forme, affranchit la couleur :

— Bonjour, mâme Rochu ! V'là les Dalton !

Pomme enchaîne. À remarquer qu'on est toujours victimes d'une espèce d'ivresse verbale, à force de se connaître. L'un contamine l'autre, on peut plus s'arrêter.

— Bonjour, Rénée !

Il prononce Rénée parce que ça agace la bis-troquette. Et Petit Boulot ajoute sur le même ton endiablé :

— Bonjour, Nénée !

Hifi ne veut pas être à la grouille, il demande :

— Monsieur-Rochu-y-va-bien ?

Et Silence :

— Ça marche, la limonade ?

Moi, je suis allé directos au comptoir. Je laisse faire. Appuyé sur les coudes, je laisse tomber d'une voix sépulcrale :

— À boire.

Renée Rochu ne relève même pas la tête. La technique de l'indifférence. Elle bosse à toute vibure, sans nous voir. Comme si on n'existait pas. Juste elle marmonne sous sa moustache bien entretenue :

— Foutez le camp. C'est fermé.

Petit Boulot en est outré :

— Rénée, c'est pas bien. Vous dites des conneries. C'est pas fermé.

Pomme ouvre de grands yeux incrédules :

— C'est grand ouvert.

Pour se faire mieux comprendre, ils entrent et sortent en marchant sur le verre qui craque. Ils se livrent à un petit ballet au travers des vitrines brisées. Renée Rochu prend appui sur son manche à balai :

— Fichez le camp, je vous dis. On sert pas à boire. On est en sinistre.

Je les laisse faire, très chef. Pomme vient s'enquiller près d'Hifi et fait à haute voix semblant de lui faire des confidences :

— Renée, elle est smarte. Elle met des soutiens-gorge Lou… à bonnets indépendants et à bretelles réglables… ça tient mieux la route…

La bonne femme hausse les épaules, s'arrête de travailler pour de bon et rencontre mon regard n° 3, le glacial :

— On a soif, mémère.

Silence insiste :

— Tu veux pas secourir des blessés ?

La mère Rochu explose, plus meurtrière qu'une grenade à ailettes :

— Tas de voyous ! feignants… Jamais un sou, toujours à picoler…

Je tranche la situation :

— On est riche, mémère, et on a soif.

Les billets de 10 000 sortent des poches.

La taulière n'en croit pas ses yeux. Ça lui fout la trouille, ce fric. Elle se replie vers l'arrière-salle. Les gars lui barrent la route.

— Jules ! au secours !

Elle glapit ça pour appeler son bougnat de mari. Pomme fabrique un avion avec son billet. Bec pointu, ailes en delta, un vrai Mystère. Chez Dassault, ils s'y laisseraient prendre.

— Si tu nous sers pas à boire, notre fric va te passer sous le nez !

Il lance l'avion qui passe effectivement au ras des naseaux de Renée. Hifi le ramasse et le renvoie dans l'autre sens. Même trajectoire. La taulière le suit du coin de l'œil deux ou trois fois de suite. Le zinc passe de plus en plus près sans percuter la montagne. Un peu, ça va, beaucoup, ça lasse. Mes petits camarades arrêtent leurs exploits. Ils entourent la bonne femme de leur affection et commencent à mettre les mains où il faut pas. Elle émet un bref barrissement. Elle a l'indignation zoologique, Renée de Chaudes-Aygues :

— Papa ! elle gueule. Papa ! viens m'aider à les foutre dehors !

Et puis, d'un seul coup, elle a un geste fou. Elle se baisse, elle ramasse le billet. Elle écarte Pomme sans ménagements et elle se retrouve derrière sa caisse, où elle enferme le fric, crac, cling. Gros silence.

Alors là, tous les cinq, on s'avance vers elle. On joue plus. Renée presse ses grosses mains sur ses miches et joint les talons :

— Jules ! au secours ! Chéri ! papa ! La police, vite !

Jules fait une entrée fracassante. La télé, c'est néfaste pour les imaginations faibles. Chemise rayée et bretelles souples, il pointe un fusil de chasse du calibre 12 sur nos personnes. Ça nous calme. Renée en profite pour s'esquiver. Elle court sur le trottoir et hèle un car de flics qui passe. Quel fion, elle a, cette bonne femme.

— Au secours ! messieurs !

Messieurs ! On aura tout entendu. Les cognes rappliquent au trot. Ailés, qu'ils sont. Et Renée raconte sa vie sur le boulevard à tous ceux que ça intéresse.

Un attroupement se forme.

On est submergés de pèlerines, de bâtons blancs, de matricules. Jules laisse libre cours à sa verve :

— Embarquez-les... ils m'ont menacé... ils ont brutalisé madame Rochu...

Tout de même, le brigadier demande des explications sur le fusil. Jules se met presque au « garde-à-vous ». Il met l'arme au pied. C'est Verdun, Bastogne, Sainte-Mère-Église.

— C'est qu'ils sont dangereux, monsieur l'officier. Voleurs et compagnie. Drogués, si ça se trouve. Faut leur faire l'alcootest.

Renée, retour du deuxième front, revient comme une furie :

— Même que je serais pas étonnée qu'ils soyent dans le coup pour l'explosion.

Le brigadier s'émeut :

— Qu'est-ce qui vous fait dire ça, madame ?

— Je sais ce que je dis.

— Si vous savez quelque chose, votre devoir...

Renée bombe le torse et prend sa tête la plus civique ; elle désigne une table :

— Y zétaient là. Assis, monsieur l'agent. Même qu'ils faisaient de la politique avec l'opposition.

Ça, ça ne pardonne pas.

Et maintenant, nous voilà tous dans le même panier. Ça n'a pas traîné. À genoux, les mecs, mains derrière la nuque, front au sol, comme des terroristes. On connaît la musique.

Zim, boum, boum. Coups de godillots, sarcasmes : le car démarre. Jules et sa tendre restent sur le trottoir au milieu de leur cher public. Renée se tourne pleine de ressentiment vers son mari :

— Tu vois, j'te l'avais dit On aurait dû garder l'épicerie. On gagnait moins, mais on avait la paix...

— Dis donc ! c'est toi qu'as voulu...

L'ingrate.

X

Le lendemain matin de bonne heure, une voiture de police arrive devant le commissariat.

Le veilleur de nuit en descend avec deux flics. Il est enturbanné comme Abd-el-Kader. Un fauve :

— Où ils sont ?

Il entre. On l'introduit auprès du commissaire Charles Bellanger. C'est un type un peu triste. Une bouille longue sur une cravate tricotée. La serge du costume est un peu lâche. La pochette un peu tristouille. La paupière un peu mouillette derrière des lunettes qu'il essuie inlassablement. Il a l'air embêté, cet homme-là. C'est sans doute à cause des bruits secs et appuyés qu'on entend venir de la pièce d'à côté. Des gifles, des han, des ouïe.

Le commissaire Bellanger consulte ses notes ; d'une voix égale, il énonce au veilleur ses quatre vérités :

— C'est vous, Loiseau Marcel ? Soixante et

trois ans, vigile de nuit pour le compte de la
S.O.C.E.P. ?

L'autre se reconnaît tout de suite :

— C'est bien moi.

— Vous avez été sauvagement attaqué par
des jeunes, la nuit passée. On a dérobé des
explosifs.

— C'est ça.

Bellanger relève sa drôle de binette cafar-
deuse. Il colle des reflets dans ses lunettes. Le
gardien y voit une prière ferme mais muette. Il
corrige :

— C'est ça, monsieur le commissaire.

Le commissaire rebaisse la tête. Il poursuit de
sa voix monocorde :

— Vous avez déclaré pouvoir reconnaître vos
agresseurs qui étaient au nombre de ?

— Hof… au moins huit, monsieur le commissaire.

Bellanger fait un signe mou vers le faction-
naire. L'agent emmène Loiseau Marcel dans la
pièce d'à côté. Il n'en croit pas ses yeux quand il
nous voit.

Ici règne une douloureuse atmosphère de
massacre. Tous les cinq, on est l'ombre de
nous-mêmes. Répandus le long des murs. Il
nous considère longuement, effondrés, amochés,
pitoyables. Un flic me relève la tête par les cheveux. Il en prend presque pas à la fois. Et tou-

jours sur la fontanelle. Je suis sûr que c'est exprès pour faire mal. Il interroge Loiseau du regard.

— Y a pas de doute.

Bing. Une gifle, histoire de conclure.

On ramène le gardien auprès du commissaire qui essuie ses lunettes. Il les tend à bout de bras, regarde Loiseau au travers.

— C'est eux, dit le reluqué.

— Affirmatif ?

— J' suis formel.

— Very good — mais vous avez dit qu'ils étaient huit…

Il remet ses lunettes.

— Ben, il en manque deux…

— Non, trois.

— C'est ça, trois. Et puis la fille. Il faut l'attraper la fille. Elle était avec eux. C'est elle qui…

Il porte la main à hauteur de son turban velpeau.

— Je sais. C'est écrit là. Comment était-elle ?

— Ben, à poil. Une vraie rousse. C'est rare. Vous pouvez pas la manquer.

Le commissaire sourit tristement. Derrière le mur, on entend un bruit de gifle assorti de la chute d'un corps sur le carrelage. C'est Pomme qui vient de se répandre sur le sol. Un grand costaud en chemise — bretelles et ceinture — le relève. Et le recogne. Un métier fou. Faudra que je lui demande l'adresse de son entraîneur. Ça donne ;

— C'était qui, les trois autres ?

Bing, bang.

Pomme s'écrase, bouche cousue.

— C'était qui, la fille ?

Badabing, badabang.

Pomme se tord de douleur sur le floor, mais il tient bon. Et coetera...

Les flics cogneurs s'écartent. Un homme frais prend la relève. Celui-là, c'est la psychologie qui l'intéresse. Il doit avoir rempli un dossier pour passer inspecteur. Il rêve de la gabardine. Il s'assied près de Pomme. Et, entre copains, il lui dit :

— Allez petit, te fais pas massacrer. Après tout, c'est elle qui a cogné sur le vigile. Toi, tu ne risques rien. Dis-moi qui c'était et on s'arrange... Tiens... tu fumes ?

Il lui tend une gauloise. Pomme a retrouvé son esprit. Il salue militairement le flic à hauteur de la braguette. Il braille en même temps :

— Non, c'est toi qui fumes, poulet !

Et crac.

Le flic psychologue, il se retient drôlement. Le self contrôle, quoi ! Il prend une voix douce :

— Une gonzesse... qu'est-ce que t'en as à foutre ?

Un collègue qui s'est reposé, revient à la charge en se frottant les jointures. Il alpague Silence et il lui allonge les oreilles. Sur le souffle, il interroge :

— Qui c'était, les trois autres ?

Silence essaie de dire la vérité :

— On n'était que cinq.

— Le gardien a dit huit.

— Pour avoir l'air moins con.

Alors là, paire de gifles.

Sur ces entrefaites, le commissaire Bellanger fait son entrée. Il met les mains dans ses poches. Et puis, il les ressort. Il essuie ses lunettes et il examine son monde. Il pense. Résultat, je me retrouve avec un index pointé entre les deux yeux.

— Toi !

Chvabada ! On me propulse chez lui. La porte se referme sur ma misère.

Pour vous épargner une scène pénible, je préfère vous parler de mes frères. Ils sont dans le dénuement. Vraiment. Pas loin d'être hagards. Les yeux au bord de l'hématome, le moral voisin de la déprime. Une situation sans issue. Un univers sans espoir. Voulez-vous que je vous dise ? Comptez plus sur nous. Y a plus de jeunesse.

De nouveau la porte vole. Je réintègre le bercail. Je m'étale de tout mon long près des autres. Dans le silence, on entend les semelles de crêpe de la Bellange, le poulet-chef. Il nous refait le coup de la décision longuement mûrie. Il avise le seul qui relève des yeux craintifs : Hifi.

— Toi !

La porte se referme. Attente. Incertitude. Je nous vois déjà au bagne en pyjamas rayés, quand Hifi entre en catimini dans la pièce en chialant et se laisse glisser le long du mur jusqu'à son bon vieux derrière. Il sanglote à gros bouillons. Pas besoin de me faire un dessin. J'ai compris :

— Toi, tu l'as balancée !

D'autant qu'il ne répond pas. Il fait juste bou-bou-bou et puis il part en voix de tête :

— Et alors ! j'en ai rien à foutre de cette nana, moi. Dis, eh ! Oh ! C'est jamais qu'une gonzesse, mon frère… non ?

Pas de réponse. Ça l'écorche, Hifi :

— De toute façon, avec sa mère qui est bien placée, ils lui feront rien.

Toujours pas de réponse. La mauvaise conscience fait des ravages :

— Et puis, dis, elle nous a foutu dans le caca, non ? C'est normal qu'elle déguste, non ?

— Oh, ça va, écrase, Bab-el-Oued…

— De toute façon, j' te jure, y m'ont pas cru. T'as qu'à voir, y zont cogné plus fort.

Rires.

Têtes qui se redressent. Nous cinq, on se regarde. Ça se termine par l'amitié retrouvée.

À côté, chez les flics, ils se scrutent également. Ça se termine par de la perplexité.

Le commissaire Bellanger se lève. Range son pupitre, remet ses lunettes, va prendre son chapeau et s'apprête à sortir. Sur le pas de la porte, il se ravise :

— C'est moi qui m'occupe de cette affaire, compris ? Personnellement. Ces petits salopards racontent probablement des salades.

Un agent se tortille sur sa chaise :

— Mais chef, on les a quand même vus devant chez madame Charron-Delpierre. On était tous les deux, hein, Cordier ? On n'a pas rêvé !

Bellanger n'apprécie pas, il explose :

— Et après ? Vous n'étiez pas là pour surveiller la fille ! Vous étiez là pour protéger la mère. C'est moi qui m'en occupe et tout le monde la boucle ! Compris ? Et tout le monde fait ce que je dis ! Compris ?

Il sort en claquant la lourde.

Le flic psychologue se fait le porte-parole de l'assemblée consternée :

— Si vous voulez mon avis, Charlot, il est drôlement emmerdé !

XI

Dans le salon Louis XV de Madeleine Charron-Delpierre, future député du Val d'Oise, Charles Bellanger, commissaire principal assis au bord d'une bergère — comme sur du sable — tient un minuscule verre de porto. Il termine une phrase qui revient sans cesse à la surface de ses propos depuis une heure. Il lance sa petite bouée :

— Je suis excessivement ennuyé, voyez-vous…

Madeleine croise ses jambes dans un excitant bruit de nylon.

— Écoutez, cher ami, je ne sais ce que Véronique a fait. Mais si elle a commis un acte répréhensible, vous n'avez qu'à sévir. Il n'y a pas deux poids, deux mesures. Vous-même, vous avez de grands enfants. Vous savez ce que c'est. De nos jours, l'autorité des parents est remise en question. Amoindrie. C'est le moins qu'on puisse dire. Ne nous leurrons pas, on ne sait plus ce que font nos gosses une fois sortis de la maison. Je m'en remets à vous. Vous êtes l'autorité.

Charles se tortille dans son caleçon tout neuf qui lui gratte la fesse gauche. Il pense qu'il faudrait toujours les passer au moins une fois à la lessive avant de s'en servir.

— Je ne voulais pas prendre de décision à la légère. C'est une question de discrétion, si j'ose dire. Il ne faudrait pas que…

Madeleine bondit sur l'occasion :

— Vous êtes tout à fait compréhensif, commissaire. Ce serait bien ennuyeux de faire du gâchis à trois jours du scrutin. Mais, sans ébruiter les choses, on peut peut-être écarter cette petite idiote jusqu'à dimanche. Ça lui donnera une leçon. Qu'est-ce que vous voulez que je vous dise… tant pis pour elle.

— Je ferai cela en douceur. Je vous promets.

— J'en suis sûre, monsieur Bellanger. Et, pour parler d'autre chose, j'ai mon ami, M. Royard qui vient dîner demain. C'est le préfet des Yvelines. Voulez-vous être des nôtres ?

— Je suis confus… je ne voudrais pas…

— Acceptez.

— J'accepte volontiers.

Ils se lèvent. Donnant, donnant. Madeleine le raccompagne. Sur le pas de la porte, ses cheveux volent et se plaquent à son visage. Elle a un joli geste pour les retirer :

— Vous répondez de vos hommes, je pense ?

— Tout à fait, tout à fait. Oh ! et encore un mot… Où se trouve votre fille en ce moment ?

— Je n'en ai pas la moindre idée, je l'avoue… dit Madeleine en refermant la porte.

XII

Et pour cause.

Véro est au Brésil, elle danse la samba. À l'ombre d'un juke-box, au-dessus d'un chocolat plein de miettes de croissant, elle se roule une cigarette prolo, pauvre comme le papier Job.

Elle allume, avec le soin des enfants qui fument, le brûlot cancérigène, et se tache les dents avec le délicieux sentiment de libérer sa vie, les femmes, et de refaire le monde. Elle en retire un frisson de plaisir. Elle regarde son baluchon, fière du courage de sa fugue. Adieu, maison de maman, draps brodés et doubles rideaux. Véronique a enfourché la cavale. Elle a aussitôt téléphoné à Étienne. Il est venu la cueillir avec la voiture de papa dans ce bistrot frontalier de la gare. Luis est venu lui aussi. À son accoutrement de base, il a ajouté une cape de conspirateur. Ils ont parlé de tout ce qui est grave et qu'il faudrait changer, oubliant complètement qu'elle était un oiseau riche fraîchement tombé du nid.

Maintenant, ils roulent en voiture. Véro, au beau milieu de ses hommes, écoute les explications d'Étienne.

— Alors, tu en mets quelques gouttes sur ton bulletin de vote, un peu de cendre de cigarette dans l'enveloppe et tu te dépêches d'aller le foutre dans l'urne. A voté ! Cinq minutes après, badaboum, ça s'enflamme spontanément et le reste des enveloppes avec...

Ce bel exemple de bricolage électoral ne trouve pas le succès qu'il mérite car, au détour d'un virage, la DS de papa se retrouve nez à nez avec deux motards qui effectuent un contrôle. Signe de s'arrêter. Panique dans la voiture. Coup de frein pile. Salut.

Le motard froisse son cuir et se penche vers le conducteur :

— Papiers, s'il vous plaît. Vous aussi, mademoiselle.

Véronique s'entend répondre :

— Perdus.

Rien ne va plus.

— Suivez-nous, dit le Clark Gable de la Gendarmerie Nationale.

Son collègue passe devant. Clark reste derrière. Et la caravane s'ébranle. Les passants se retournent. On dirait un truc officiel. Luis met la radio à tout va. Véronique cogite ferme. Et, sans prévenir, elle appuie son pied à fond sur celui d'Étienne. Celui qui contrôle l'accélérateur. La 21 fait un bond en avant. 22, le motard de devant est happé par la puissante mâchoire du requin. Il faut dire qu'il était à demi retourné en position gracieuse et de déséquilibre. Étienne a le réflexe d'enfoncer la pédale de frein. Clark Gable, pris au dépourvu, heurte l'arrière et fait une chute hollywoodienne. L'étudiant prend peur. Dégage la DS et prend la fuite. Tout ça en musique, bien sûr.

À la même heure, sur la même longueur d'ondes, une grosse dame s'empiffre d'éclairs au chocolat en écoutant la radio. Sa bouche fripée comme du papier trèfle mastique à toute allure. La crème patissière y dégouline avec entrain.

Un coup de sonnette impératif arrête ses mandibules. Elle se lève, traverse l'appartement et va ouvrir. Sont-ce, serait-ce la veuve Cliquot qui rapplique ? Est-ce pas le bonhomme Nicolas qui vient livrer le champagne ? Armande Delaroque aime tant le brut qui bulle qu'elle va, vole et nous ouvre.

Non. Seulement une très jolie rousse.

Véronique demande :

— Monsieur Jean-Philippe Delaroque, s'il vous plaît ? C'est ici ?

Armande s'interroge. Doit-elle dire oui, être aimable ou refermer la porte.

— C'est mon fils. Il n'est pas là.

Derrière la jeune fille, deux grands gaillards s'encadrent.

Elle bredouille :

— Vous êtes dans la politique, vous aussi ?

Luis, pince-sans-rire, fait son regard de velours.

— Jusqu'au cou, madame.

Armande s'humanise :

— Oh, eh bien, ça lui fera plaisir. Entrez donc. J'étais occupée à prendre le thé. Oui, je goûtais. L'après-midi, je m'ennuie, alors je goûte. Jean-Philippe me gronde. Il me chapitre. Il dit que je grossis. Il n'avait qu'à ne pas renvoyer la bonne. Maintenant, je me sens si seule.

Intarissable, bavotante. Elle devient même ultra-confidentielle :

— Elle fouillait dans ses papiers... pour un autre parti, vous comprenez...

Véronique lève la main en pare-brise ; halte aux postillons :

— Nous devons joindre Jean-Philippe tout de suite. Où est-il ?

— Il est en réunion. Avec Mme Charron-Delpierre. C'est son bras droit. Vous savez, il a une bonne situation.

Étienne intervient :

— Puis-je utiliser votre téléphone ?

— Certainement, jeune homme. Vous prendrez bien une tasse de thé. Vous m'expliquerez un peu la politique. Jusqu'à dimanche, mon fils ne veut rien me dire.

Étienne est déjà au pied de l'ébonite. Véronique brandit un répertoire alphabétique :

— Je l'ai ! voilà : 471 10.72...

Pendant que le cadran tournique, Luis fait des grâces à la vieille dame. Armande lui raconte son existence et l'histoire de sa locomotion des origines à nos jours. Hier, le charleston et la Delage, to day le fauteuil Louis XIII :

— Je ne marche plus très bien. On m'a dit que je pourrai voter par correspondance.

Étienne vient d'obtenir la communication :

— Je voudrais parler à Mme Charron-Delpierre. Allo, allo, oui, c'est urgent. Oui, de vie ou de mort.

Armande s'inquiète, relève la tête. Elle s'arrête de mastiquer le baba qu'elle avait entrepris. Le rhum dégouline le long de ses fanons. Négrita hésite puis sirote goutte à goutte sur le corsage. Luis coupe la radio.

Silence plutôt lourdingue au casino.

Le Vénézuélien faufile un sourire poli à la vieille dame qui se remet à mastiquer. C'est le seul bruit qu'on entend. Un va et vient mou et plutôt dégueulasse.

Étienne au téléphone :

— Allo ? Jean-Philippe Delaroque ? Ici Stéphane Mallarmé, officier de police.

Armande s'en étrangle. Elle hurle en crachouillant :

— C'est pas vrai !

Luis lui plaque la main sur la bouche. Il la tartine :

— Allons, allons, ne parlez pas la bouche pleine.

Étienne contrefait sa voix :

— Nous avons arrêté Melle Charron-Delpierre. Oui, c'est ça. Délit de fuite. Il faudrait que Mme Charron-Delpierre vienne tout de suite au commissariat central.

Véronique a pris l'écouteur. Elle entend Jean-Philippe qui s'émeut drôlement :

— Mais, c'est que je ne peux pas la déranger. Elle est à la tribune. Cette réunion est très importante. On est à H moins six, vous comprenez ? Écoutez. Soyez gentil, adressez la petite Véronique au commissaire principal Bellanger. Il est au courant. C'est lui. Lui seul qui doit régler cette affaire. Nous ne pouvons pas nous permettre de fuites. En tout état de cause...

Là, Véronique n'y tient plus. Elle prend le récepteur des mains d'Étienne :

— En tout état de cause... Jean-Phi, qui l'a mis au courant ? C'est toi ou c'est ma chère, chère mamzou ?

Jean-Philippe s'agite à l'autre bout de la ligne :

— Allô…, allô… qui est à l'appareil ?

— Raconte, raconte.

— Allô… c'est toi, Véronique ?

— Écoute bien, Jean-Philippe, tu vas expliquer à ma maman chérie qu'il faut qu'elle aille voir, toutes affaires cessantes, son commissaire préféré. Qu'elle doit le convaincre avec sa belle éloquence politique de m'oublier complètement…

— Mais, Véronique…

— Qu'elle va faire sortir mes petits camarades de prison et qu'elle a deux heures pour le faire…

— Véronique, où êtes-vous ?

Ce n'est pas en vouvoyant les suffragettes qu'on les élimine.

— … et que si je ne les ai pas revus d'ici là, je lui flanque ses élections aux oubliettes. Parce que je vais me livrer. Mais pas à son flic pourri. Au bureau d'un grand journal. Et pas n'importe quel journal, vu ?…

Dans le hall de la salle de réunion, Jean-Philippe avale sa salive convulsivement. Il lui trouve mauvais goût. Il est pour sa part redevenu un petit garçon en costume gris anthracite. Irresponsable, mais ça ne se voit pas. Il est décomposé.

— Vu. J'ai un coup de fil à donner et les policiers vont jurer qu'ils ne t'ont jamais recherchée.

— Même si j'ai écrasé deux motards... entre-temps ?

— Même si... oh non ! où es-tu ? Véronique ? Où es-tu ?

Elle a raccroché la belle enfant, la cavaleuse, la révoltée.

Et c'est très abattu que Jean-Philippe se dirige vers la réunion contradictoire.

Il enfile un sinistre couloir où battent des portes verdasses. Ça sent la sciure, le pipi retombé. On entend siruper des guogues à la turque. Quelque part, en poussant une rengaine, un type est secoué par une quinte de toux. Il racle sa gorge, crache, cherche le mi et ne le trouve pas. Un peu plus loin, Jean-Philippe rencontre le regard d'Edmond Grignard qui le nargue d'un bon sourire, la gueule à l'envers. Il s'agit de sa photographie agrandie six fois, et qui attend d'être suspendue à son tour aux murs de la grande salle des fêtes. Demain, changement de spectacle. C'est Edmond qui battra du tambour. La fin de l'itinéraire se déroule dans des corridors feutrés de rouge. Des voix commencent à se faire entendre. Quand le jeune homme pousse la porte à hublot, il reçoit comme un vase de nuit au visage, un déferlement de bruit et d'éclats de voix. Il s'approche vers le podium où Madeleine, devant une armada de micros, fait face à une situation difficile. Jean-Philippe essaie de la

100

mettre au courant. Elle prête l'oreille aux deux conversations simultanément. Elle bâcle un titi qui en profite pour glapir une avanie. C'est tollé sur le député. Haro sur la Madeleine. Les gens se lèvent. Les chaises claquent. L'orateur donne des signes de détresse. Le bateau sombre. Le gouvernail pète. La flotte rentre par des ouvertures béantes et inonde les cales. Elle se retourne furieuse vers Jean-Philippe. Il finit de la mettre au courant. Elle ne sait plus où donner de la tête. Les chaloupes à la mer. Pas de panique. Les femmes et les enfants d'abord. Souquez ferme. On va couler. Déjà nous buvons l'immonde tasse. La soupe populaire déborde. Elle se sauve. Elle éteint le gaz. Un salaud a coupé le courant électrique. Panique générale.

Au fond de la salle, on commence à se battre.

Cinq minutes plus tard, en courant aux côtés du jeune homme qui la tient par la main, Madeleine ne se souvient même plus comment elle a pris congé de son auditoire.

C'est brusquement comme si de larges pans de sa vie lui échappaient. Encore un blanc et la voilà qui ressort du commissariat. L'air froid lui serre le front. Elle a mal à la tête. Bellanger la reconduit. Elle note son sourire huileux, les reflets de ses verres, ses ronds de jambes. Elle monte dans la voiture qui l'attend. Elle claque la portière. Jean-Philippe démarre. Il roule doucement.

Un quart d'heure plus tard, Nicéphore, jardinier pendant le jour, voyeur quand descend le soir, voit arriver une voiture. Planqué derrière un platane, il reconnaît sa patronne. Au travers du pare-brise, il a le temps de se rendre compte qu'une dispute va grand train entre elle et son jeune homme.

Puis, un grondement éclate. Des phares éblouissent la limousine. Cinq motards l'entourent, la tenaillent, puis, géométrie mobile, la doublent à droite et à gauche. Le noir se referme. Nicéphore reste seul. Pensivement, au travers du pantalon, il gratte son vieux plumeau. Tous les soirs, c'est pareil. Ça le démange, ce sacré bas-ventre. Ah, si seulement, se dit Nicéphore, je pouvais rencontrer le petit chaperon rouge.

En tirant la jambe, il va du côté du nouveau centre commercial. Il paraît que c'est plein de fillettes de toutes les couleurs et que sous les collants, elles ne portent plus de culotte.

XIII

Le lendemain, qui est un lundi, le soleil brille, d'accord. Aussi, je trouve parfaitement normal qu'on s'octroie des vacances. Les mauvais coups des flicards, ça devrait être considéré comme un accident du travail. Remboursé par la Sécurité Sociale. Aujourd'hui, convalo pour les Beuarks.

Sur les couilles de 10 heures, 10 heures et des retombées, mes potes arrivent avec des têtes de grippés. De malades. De boxeurs mal partis dans leur carrière. On s'est donné rendez-vous en dehors de la ville dans un terrain qui ondule au milieu des pylones et qui nous sert habituellement de piste de moto-cross. Bref, on est au grand air, c'est bon pour les poumons et on est vraiment chez soi. Mes héros sont tellement fatigués qu'ils prennent des poses douloureuses.

Je les regarde et je sors de notre mutisme. Je dis :

— Y a du dégât.

Pomme a la rancune au bord des lèvres :

— Fumiers.

Et l'écho dit :

— Salauds.

— SS

par la bouche de Silence et de Hifi.

Rires quand même. Ça fait du bien.

Petit Boulot dégoise à son tour :

— Et pourquoi ils nous ont relâchés ?

Pomme est plein de bon sens :

— On s'en fout. En tout cas, on sait pourquoi ils nous ont ramassés.

Je creuse le sol du talon de ma botte. Bien calé, je bascule le pouce de la vengeance vers les petits cailloux. À la romaine, quoi :

— Je vais vous dire une bonne chose. Le taulier et sa bonne femme, on va se les faire.

Silence opine :

— Ça, c'est sûr.

Pomme est formel :

— Le Narval, on va le rayer de la carte.

Hifi idem :

— Sûr, mon frère.

Et Pomme, itou.

— Quand je pense, la « Renée » qui s'est fait mon biffeton. Comme ça, en news day. Merde !

Je conclus :

— On leur casse la gueule d'abord. On casse la baraque after. English et méditation sont les deux mamelles des plans élaborés. Du vent passe dans les épis blonds de Silence ; ça lui donne les idées claires :

— Mais les poulets sauront tout de suite que c'est nous.

Pomme a recours aux pages roses du Larousse ; il dit en latin :

— C'est le Hic.

Hifi, qui n'en pense pas plus, affirme :

— Mais dis donc, j'y pensais.

Ils se retournent vers moi, the Beuarks. On se tait.

Pomme demande des instructions :

— Alors ? Qu'est-ce qu'on fait ?

Que voulez-vous que je fisse ? Je me durcis :

— Ta gueule ! Laisse-moi réfléchir.

J'allais tout organiser pour ça quand un bruit de bécanes — faible d'abord — puis toujours grossissant se rapproche. Les « Japs » ont bien combiné leur coup. Ils nous entourent à cent pour cent.

On se lève. On fait les chiens de faïence. L'ombre d'une fille à poil plane entre les deux groupes. C'est, bien sûr, une figure de style.

Soudain, Liberty, le chef des Japs, éclate d'un rire coyote. De quoi glacer un esquimau. De quoi attendrir le beefsteak d'Attila. Il clame dans la bavette :

— On arrive trop tard, les hommes ! Y en a qui sont passés avant nous ! Vous avez encore morflé, mes cons ! Alors, c'est-y qu'il faut prendre son tour pour vous casser la gueule ?

Un autre Jap :

— On peut s'inscrire ?

Cuisant, non ? On est vraiment démoralisés. Ça se voit. Liberty se retourne vers ses troupes.

— Eh ! les Japs ! on va pas achever des infirmes !

Je ne supporte pas la plaisanterie. Je m'avance vers lui. Il me regarde et dit :

— Je te le fais en moto... Toi et moi. C'est tout.

— Au Ya !

— Au Ya !

Et les couteaux giclent de nos poches. La corrida commence. Rugissement des moteurs. Départs simultanés. À plein pot, nous, les chefs, les zébus, nous chargeons, nous esquivons. Toro ! Fuego ! Muerte ! Les deux troupes se déplacent pour ne rien perdre du spectacle. Hifi a allumé son poste. Parfois, ennemis et amis sont mêlés côte à côte. On court dans les petits ravins pour assister à la poursuite. C'est Roncevaux, les Thermopyles. Voulez-vous que je vous dise ? C'est le Colorado. La haine se joue sur le terrain. Elle est déléguée.

Les Japs et les Beuarks hurlent des encouragements. Des cris de guerre. C'est beau. C'est tantique. C'est titanique.

106

Et puis, sans que rien le laisse présager, ça devient très con. Fausse manœuvre ou gravier, les deux motos se heurtent, se frottent, se déchirent, se repoussent. Nous, les duellistes, on s'envole chacun pour soi, catapultés vers l'herbe rase. Les engins solidement emmêlés continuent à se détester, à se battre. Fumées bleues et grondements, les bécanes se pugilent, se tordent, se mordent, se pancracent.

Nous nous relevons lentement. C'est comme si l'inquiétude avait balayé la haine. Nous nous approchons avec une infinie douceur, une délicate attention. Nous coupons les gaz. Nous dégageons les motos qui se tenaient par les rayons.

Chacun examine la sienne.

— Ça va.

— Ça va. C'est de la bonne bécane.

On se regarde. On se retient de sourire l'un à l'autre. Et puis, on le fait. D'ailleurs, on est tout seuls. Avec le ciel sur la tête. Nous, les héros de la fête.

Nos troupes sont plus loin. Elles forment un seul groupe. La politique a pris le dessus. Encore la politique. Vieille pute. Ça discute ferme. Un Jap se détache et se dirige vers nous. D'un commun accord, on est occupés à faire tourner nos moteurs — pour le plaisir de les entendre.

Le porte-parole clame :

— Eh, Liberty ! C'est les poulets qui les ont arrangés comme ça !

Le cercle se forme. Un seul cercle. On apprécie cette révélation. Les explications reprennent. Par bribes, les moteurs découpent les phrases. On distingue :

— ... massacrer le bistroquet...

— ... ouais... mais les flics sauront que c'est nous.

— ... on est fait aux pattes.

— ... Eux, ils pourraient, s'ils voulaient.

— ... Vouais, mais c'est pas pareil.

— ... pareil, j' te dis — on est pareils.

Tout le monde gueule en même temps. Il faudrait un chef. Grenouilles, voilà un chef :

— Vos gueules, les mouettes !

Le silence se fait.

Liberty ne veut pas être en reste d'autorité :

— Vos salades, on s'en bat l'œil. Mais si vous voulez, savater vos aubergistes, ça, on peut le faire.

Approbation générale. L'union des jeunes, c'est nous. La joie. Le pied, mon cousin.

— O. K. — je dis — les Japs, et si vous avez un coup dur chez vous, on vous le fera.

Tout le monde est d'accord. C'est l'Internationale, le serment du Jeu de Paume, l'union qui fait la force. Cri de guerre général. On va aux motos et on fait la fantasia. Liberty et moi, on les regarde évoluer. On reste à l'écart comme les chefs d'État pour se mettre d'accord.

— Attention au bougnat. Il a un fusil.

— Te casse pas la tête.

— On va s'arranger un alibi en béton. On vous dira quand vous pouvez y aller.

Le carrousel continue. Le cadre noir, c'est des zenfants de chœur à côté.

Elles sont puissantes, nos troupes, sur la place rouge.

XIV

Les enfants des écoles se sont vraiment défoncés. Il y en a même qui ont un sacré talent. Celui qui a dessiné une tête de charognard au B 52 qui lâche des sucettes au napalm en direction de petits jaunes qui crèvent la tronche ouverte d'angoisse a vraiment une patte terrible.

Georges Meunier contemple l'exposition de dessins avec un immense recueillement. Il passe en revue cette cartographie naïve et monte sur le podium avec la persistance rétinienne d'un monde dominé par un gigantesque cul étoilé de guerres, d'immeubles-cages et d'antennes de télé.

Il regarde la forêt des chaises vides qui attend le soir. Mille cinq cents recueille-derches où prendront place les cerveaux vides des supporters d'Edmond Grignard. Ils repartiront tartinés jusqu'à ras bord de concepts pré-digérés. Aussi cons qu'avant mais pourvus d'un vocabulaire et d'une bonne conscience qui durera bien jusqu'à dimanche.

De sa grosse patte velue, Georges Meunier prend un micro par le col et le tord. Affiché sur les murs, Edmond, l'émail immaculé, tapisse un bon sourire. Il encourage d'un œil amical son second à faire un essai de sono. À voir si rien ne cloche. Illico, crachouille Jojo, molo d'abord, crescendo par la suite :

— Je dis un, deux, trois… allo, allo, allo… un, deux, trois… À trois pile, nos cinq motos rentrent en même temps par les portes-fenêtres de la salle des fêtes. Les moteurs à explosion entre-choquent les décibels, bleuissent l'espace, soufflent les dessins qui s'envolent. Gymkana au milieu des centaines de chaises, une très amusante expérience. Les haut-parleurs, sincèrement affolés, sont pris de frénésie.

Georges Meunier, Jo pour les amis, hurle. On arrête le cirque. On cale les machines sur leurs béquilles. Immobiles et rayonnants, on déguste la situation.

Sans descendre de cheval, je pose pour ma part ma botte sur une chaise. Hifi installe une banquette et s'étend pour simuler qu'il coince la bulle. Pomme se met à califourchon et Silence, faisant sonner les ferrages de ses talons, entreprend une ronde. Petit Boulot fouine un peu partout. Il consulte le programme, regarde sous l'estrade, redresse un Grignard qui penche. Jojo reste les bras pendants, frappé de solitude.

Je lui dis :

— Elle vaut que dalle, ta sono. Rien qu'avec un transistor dans la poche, je te la fous en l'air.

Hifi comprend tout de suite. Il se réveille. Il allume son poste. Un effet de Larsen emplit aussitôt la salle d'un sifflement intolérable. On dirait qu'une immense marmite norvégienne s'apprête à exploser. Jojo va-t-il éclater ? répandre des gouttes de cerveau meunière sur les murs ? Non. Sauvé ! Hifi, d'un seul doigt, met fin au vacarme.

Je dis :

— Est-ce que je suis clair ? Je suis sûr que tu as du boulot pour nous.

Monsieur Jo reste muto et bouche cousue. Je ne me suis pas bien fait comprendre. Je pichenette des doigts. Hifi fait rebelote avec la radio. Relarsen. La chaîne des osselets culbute. Déchirement des tympans. Arrêt.

Je dis :

— Allez. Un bon mouvement.

Georges Meunier passe d'un pied sur l'autre.

— C'est bon. Venez ce soir au métinge. Vous ferez la police.

— C'est quoi, au juste, la police ?

— Surveiller la clientèle. Virer les gars qui font du chahut.

Hifi veut être sûr :

— Les transistors ?

Pomme, toujours lapidaire :

— Sortir les mecs qui font chier l'orateur, quoi.

Georges Meunier abdique. Il remonte son bada qui fout le camp :

— Mais attention. Discrètement.

750 X 5 = 3 750 cm3 pour toute réponse.

L'homme politique hurle pour se faire entendre :

— DISCRÈTEMENT !

On ressort. On est ressorti. On roule. On s'arrête. J'intime à Petit Boulot :

— File prévenir Liberty. Tu dis aux Japs que c'est pour ce soir.

— J'y vais, finasse le messager, discrètement !

Il sort en mimant un effet de cape.

Quand je me retourne, je suis frappé par l'expression vague qui perturbe la tronche froissée de Silence. Il a l'air complètement braque. Ça y est, ça le reprend. Il prend l'attitude extra-lucide. Lunaire, il apostrophe en regardant l'infini :

— Tu sais ce que j'entends ?

Histoire de plaisanter, je risque :

— Des voix ?

Tu parles. Il est dans les vapeurs, mon pote. Les brumes trament ses yeux. Il les écarquille pour mieux voir. Il entrebâille l'avenir et annonce — complètement habité :

— Non ! j'entends mille motos. Mille bécanes,

de toutes les races. Elles roulent en même temps. Elles roulent sur toute la largeur de la route. Et la route est à nous, à nous seuls... Ça va bien. On en a assez entendu.

Pour arrêter ce dingue, on s'échappe en grondant.

XV

C'est la nuit.

C'est l'intérieur du Narval.

Les vitres ont été remplacées par des panneaux de contreplaqué. L'un d'eux bouge et se soulève. Un par un, les Japs s'infiltrent dans la place. Ils sont casqués et silencieux comme un commando. Liberty s'approche du comptoir. Il se verse un verre d'eau avec une carafe Pernod Fils.

XVI

Au Métinge, Edmond Grignard en fait idem.
Il boit l'eau fraîche en y joignant une pilule.
C'est que son cœur tachycarde. Il reprend le
cours de sa phrase. Il s'adresse à un auditoire
houleux. Dans la salle, bleue de fumée gauloise,
une voix crie, anonyme. Elle pose, la salope, une
question embarrassante, qui entraîne les rieurs
du bas-côté :

Elle dit :

— Et tes camions-frigos, Ed ? T'en feras
cadeau aux ouvriers ?

Rires, je vous dis.

Sur l'estrade, le tribun répond à côté. Il a du
métier. Il prend l'air désolé :

— Hélas, je n'en ai pas assez pour tout le
monde. Et puis, vous savez, ces camions, je les
ai gagnés à la force du poignet. J'ai débuté
comme routier. C'est un secret pour personne.

Il dit qu'il en est fier. L'interrupteur veut
remettre la gomme. Un casque de motocycliste

lui encapuchonne la tête. Sous intégral, sous cloche, le mec. Ça s'arrête dans son gosier. Empaqueté, pesé par Hifi et Petit Boulot, il fait une sortie discrète. Ils le portent chacun sous un bras. Il touche pas terre, le saboteur. Ils récupèrent la coiffure et viennent encadrer la porte : sentinelle à droite, sentinelle à gauche...

Au Narval, c'est le même tabac. Un Jap à gauche, un Jap à droite, nos alliés encadrent la porte qui mène à l'étage. La poire de Jules — mort de trouille — s'avance dans le noir, précédée par la gueule de son Manufrance — calibre 12.

Un Jap avance rapidement la main et tire sur le bout du canon. L'autre n'a plus qu'à lui fracasser la carafe sur la tête. Jules roule dans l'escalier. Pas le temps de reprendre son souffle, l'auvergnat. Il atterrit au milieu des bottes qui lui écrasent les badiguinces. Ça pisse le sang sur le carrelage. Renée s'annonce en glapissant. Deux mecs se précipitent à la réception. Il y en a un qui s'est muni d'une serpillière. Chlorophormée par l'odeur de vomi, elle, Renée, brave petite femme.

. . . . . .

Le Larsen, dans la salle des conférences, enchaîne avec le hurlement. Silence et Hifi éjectent une suffragette en lui arrachant son transistor. Hifi le met de côté pour sa collection.

117

Confisqué. La mugissante personne s'écroule sur un banc... Elle nous fait ses vapeurs...

......

Au Narval, ça ne va pas fort.

Renée est sur une chaise. Liberty essore la serpillière sur sa tête pour la faire revenir à elle. Elle est comptée jusqu'à 7. Elle entrebâille une paupière. Elle a les guibolles écartées. Un jap lui soulève les cottes pour prendre une photo. Sa culotte a une dominante rose rouillée. Le type, il développe pendant une minute comme pour un polaroïd et puis il prend l'air dégoûté. Quand Renée rouvre la bouche, c'est encore pour feuler. Liberty en peut plus :

— Jamais vu ça. Mais elle va s'taire. Dis, elle va s'taire !

On lui enfile une bouteille de calva dans les amygdales et on verse. Ça fait blouc blouc. À mi-bouteille, Rénée, ivre-morte, s'affaisse au pied des hommes. Un gars lui verse en prime le reste de la gnôle sur le giron et s'en désintéresse.

Liberty épitaphe :

— Génération d'ivrognes !

......

Justement, c'est à la mode, l'alcoolisme. Fléau social. Plus mortel que les guerres, entonne Grignard qui enchaîne avec un couplet sur la drogue.

— Il faut sauver notre jeunesse de la drogue !

118

il clame, le représentant du peuple. Jusqu'à ce que les jeunes se lèvent et lui disent de tout :

— Taré ! Débile ! Alcoolique ! Poivrot ! Ivrogne ! Saoulard ! Sac à merde ! à vin, à pisse, à vent, à voile, à vapeur !

Nous, les Beuarks, on converge menaçants vers les écervelés. Et puis, on s'arrête. Après tout, c'est des gars de notre âge. Ils ont plutôt raison. Si on leur faisait rien ?

Du coup, ils s'en donnent à cœur joie. Ça fait plaisir à voir. Edmond Grignard, ça le désarçonne. Pour gagner du temps, il repique au Vichy État.

. . . . . .

Au Narval, une carafe s'envole vers une glace et s'y fracasse. Après elle, des bouteilles, des verres et tout ce qui est dans le bistrot y passe. Les japs s'en donnent à cœur joie. Un rêve qu'on a tous fait et qui devient réalité. Casser, casser, casser. À signaler que les chaises et les tables ne sont pas épargnées.

. . . . . .

Sur les lieux de la réunion électorale, c'est fini. Tout le monde est parti. C'est comme après un marché. Il reste de la fumée, des odeurs. Des papiers par terre, tracts pour la plupart et les vestiges d'un gigantesque désordre.

Nous, les Beuarks, transformés en garçons de piste, on balaie le crottin, on empile les chaises. On réalise de très jolies figures géométriques jusqu'au plafond. Savez-vous quoi ? On découvre sous l'estrade un soutien-gorge pété à l'armature et un bouquet de fleurs séchées. On trouve également de la monnaie et surtout un vieux clodo délicieusement endormi dans un coin. Il ronfle son chemin vers le ciel entouré de trois cadavres de Kiravi. On finit bien le ménage et quand, vraiment, on ne peut plus faire autrement, on secoue gentiment le grand-père. Vous savez pas ce qu'il crie quand on le traîne vers la sortie ?

— À bas la drogue ! À bas la drogue !

. . . . . .

Au Narval, les Japs traînent Jules, trogne sanglante, encore groggy, derrière son comptoir. On se fraie un passage à coups de bottes, au milieu du verre pilé. Vieille Renée va rejoindre la moitié de son orange. Pchitt ! chers anges, bras dessous, pieds dessus, s'empêtrent sous les fleurs et les couronnes ; ils entament une expérience spéléologique sous les débris de leur mobilier. Retournez au formica. Bye bye, les Auvergnats. Les sept gars sortent par où ils sont venus. Ils montent en selle. Un signe de Liberty et les moteurs éclatent de rire dans la nuit.

. . . . . .

Nous, à la même heure, on fait vibure vers nos pénates. Au passage, on fait un crochet par

120

le terrain vague où se trouve la «cabine à réfléchir» de Silence.

Quatre motos continuent leur route.

Silence entre dans sa tanière. C'est l'heure de la cure. Plus de bruit. Zéro-Décibel. Le noir. Juste la lumière calme des spots. Silence se relaxe. Il dégrafe sa chemise, entrebâille sa ceinture, retire ses bottes et ferme les yeux.

Il rêve.

Il imagine un orateur drapé dans des drapeaux américains, russes et français qui, monté sur des échasses, parle à une foule d'aveugles à canne blanche. Il parle de la culture, de la santé, du bonheur des âmes, de la liberté des peuples et, peu à peu, sa voix est enterrée, recouverte par le grondement de mille, de dix mille motos.

Le bruit est féroce. Il avale les oreilles des aveugles qui portent tous les mains à leur tête.

Et puis tout disparaît

Un calme infernal. Silence s'enfonce dans le noir. Dans le rien. Il suit le chemin sans couleurs et sans bruit des spores, des zoospermes, des infusoires.

. . . . . .

XVII

Dans le noir, des coups ébranlent une porte.

Un glissement de savates s'approche. Une voix de femme enrouée par le pinard interroge :

— Voilà ! voilà ! Qu'est-ce que c'est ? qu'est-ce que c'est ?

— Police ! ouvrez !

La porte fait ce qu'on lui dit de faire. Un rai de lumière trace un sentier sur le parquet. Deux inspecteurs s'encadrent. La femme poissarde et avachie, dans une blouse à fleurs, demande :

— Qu'est-ce que vous voulez ?

— Police. Où est ton môme ?

— L'est pas là. L'est pas rentré.

Pour toute réponse, les inspecteurs repoussent la lourde et effacent la bonne femme à graisse savonneuse contre le mur. Ils entrent en force.

Là, il faut bien que je l'avoue, le tas de mousse, c'est ma mère. Y a pas de quoi être fier. Elle est

moche. Elle est foutue. Pas entretenue. Pas pré-
sentable. J'ai toujours eu envie de gerber quand
elle m'embrasse. Heureusement, ça n'arrive pas
souvent. Seulement le soir de paie, et encore.

L'un des deux flics va droit à une pièce plon-
gée dans le noir. Il allume. J'y suis pas. Il pousse
la porte de celle où je me trouve. Il m'arrose de
100 bougies. Cloué par la lumière comme un but-
terfly, coucou me voilà. J'ai préparé ma réception. Je suis à poil, tout adam, tout debout, sur
mon lit, et je lui fais le salut militaire.

Le flic descend les couleurs. Il est jaune de
rage. Pendant ce temps-là, ma mère, puisque
c'est ma mère, continue à bramer :

— Qu'est-ce que vous z'y voulez ? Qu'est-ce
qu'il a fait ? Il a rien fait ! Y travaille, d'abord.

Les poulets me ceinturent, me loquent, me
pomponnent pour que je prenne pas froid. La
partie est perdue. Du coup, ma mère ouvre
le buffet de la cuisine et reprend son cycle
machinal. Elle prend une bouteille de rouge et
boit un coup. En même temps, elle change de
disque :

— Ça y est, t'as encore fait le voyou… Gardez-le… gardez-le le plus longtemps possible…
Tu pouvais pas te tenir, non ?

Elle claque la porte sur nous quand on sort.
Noir. On descend l'escalier à l'aveuglette. Et

puis elle la rouvre, et toute réflexion faite, elle gueule en se penchant sur la rampe :

— Ordures... fumiers... salauds de flics... charogne, va !... charognes !

Les Dupont, y z'en perdent pas une miette.

XVIII

Un quart d'heure plus tard — crash ! — ils me balancent avec la botte au train dans le salon particulier du commissariat.

Les Beuarks sont déjà là. Au grand complet. Ils ont repris d'office des poses languides. Moi, j'ai vachement le moral. On a un alibi bétonné. Quand le flic psychologue fait son apparition et s'installe derrière sa machine à écrire pour écouter ma déposition, j'hésite pas. Je mets le paquet. Je l'escargasse. Je fais semblant de me mettre à sa portée. Faut dire qu'il tape avec deux doigts seulement. Je vais pas trop vite pour qu'il puisse suivre :

— C'est pas nous... Virgule, c'est pas nous, point. On n'était pas, on-était-pas-là-de-la-soirée. Point.

Psycho est vert de rage. Un collègue arrive et me fout une calotte. Silence essaie de me sauver la mise. Il tente une diversion :

— C'est vrai, on travaillait, mec.

Le flic fait volte-face :

— Monsieur ! pour toi, petit con !

Intervention de Pomme :

— Ben quoi, merde. On n'a rien fait, m'sieur. Pourquoi que vous nous gardez ?

La réponse ne se fait pas attendre. Hautement instructive. La Bellange fait son entrée en essuyant ses lunettes comme d'habitude. Il est accompagné par Georges Meunier. Jo, pour les amis.

C'est nous. Petit Boulot pavoise :

— Bonjour, Jo !

Le commissaire prend l'air sévère :

— Il paraît que ces messieurs travaillaient pour vous hier soir.

Georges nous scrute tous les cinq. Revue silencieuse. Et là, là, il se conduit vraiment comme une ordure. Il prend l'air dégoûté :

— Jamais vu ces gars-là, commissaire.

— Vous êtes sûr ? Il paraît qu'ils assuraient le service d'ordre.

— Jamais vu ces lascars. Nos militants suffisent largement à assurer le service d'ordre. Si service d'ordre, il y a... C'est un bien grand mot. Nous sommes un parti organisé... structuré... et...

Tout ce baratin en sortant avec Bellanger. Copains comme cochons. Perplexes, on est.

Maintenant que Meunier est parti, le commissaire convoque les agents qui étaient de permanence la veille au soir.

— Alors ? Vous les avez vus à cette réunion, oui ou non ?

Un agent embêté se dandine de la pèlerine :

— Ben, on croit bien. Mais ils se ressemblent tous, ces mômes. Alors, dans le doute...

— Ça va, je ne vous ai pas demandé de faire un faux témoignage. De toute façon, si on les garde, on va encore avoir des ennuis, des coups de fil embarrassants.

Le flic psychologue veut faire briller ses dons de clairvoyance :

— Si c'est de l'intervention de Mme Charron-Delpierre que vous avez peur, vous faites pas de soucis, patron. Elle a le bras long, d'accord. Mais... elle sera pas élue. Ça m'étonnerait qu'elle passe...

Le commissaire explose :

— Je ne vous ai pas demandé votre couleur !
... Abruti !... Allez, flanquez-moi ces cinq types dehors... Relâchez-les... Non ! Amenez-les moi !...

Nous entrons, pauvre misère. Très abattus et très surpris de nous entendre dire :

— Vous allez me foutre le camp. Mais attention, vous ne quittez pas la ville. Je veux vous avoir sous la main, compris ? Compris. Tu parles, Charles. Pas la peine de répéter. On est sur le point de s'escamper quand on se rend compte que ça n'est pas fini. Soudain très calme, très humain, la Bellangette se met à essuyer ses lunettes et à nous regarder au travers.

Il s'adresse d'une voix d'archange à ses sbires :

— Cordier. Gerbaut. Vous prenez le fourgon. Vous ramenez ces messieurs à leur domicile. Et vous me ramenez leurs motocyclettes. Vous me ramenez cinq motos. Je me suis bien fait comprendre. Cinq. 3 et 2. Je veux voir cinq motos devant ce foutu commissariat dans 3/4 d'heure au plus tard. Vous pouvez disposer.

XIX

Place du Centre commercial, j'attends mes copains. Plus de moto, plus de mec. Je m'assieds au bord du trottoir. Je pendouille. J'existe plus. On m'a coupé les bras, les jambes, les joyeuses, tout.

J'imagine les autres : Silence, de l'anxiété plein les yeux, regarde les deux mannequins bleu marine charger sans douceur sa bécane. Elle s'aplatit contre ma moto qui est déjà dans le fourgon, aux pieds d'Hifi, de Petit Boulot et de Pomme assis sur le banc :

— Doucement, merde !

Les flics le repoussent. Les portes se referment sur ses petits camarades trop tristes pour réagir. Le panier repart. Silence reste effondré sur place. Choqué par la déflagration. À trois blocs de là, Hifi, dépossédé à son tour, avance le long du caniveau en poussant une boîte de conserve devant lui. Pomme, dans une rue adjacente, opère la jonction en rayant systématiquement avec un poinçon la carrosserie de toutes les voitures stationnées qu'il rencontre sur son passage. Place du Centre commercial, ils arrivent. Les voilà, j'en étais sûr. On est tous assis au bord du trottoir, alignés comme des pinces à linge.

Je ramasse une pierre, je me lève, je la jette le plus loin possible, je jure entre mes dents :

— Ma parole. Je le crèverai, Jo Meunier.

XX

Le lendemain matin, c'est dramatique.

Un Beuark sans machine, c'est un fumeur sans tabac. Pas question d'aller au travail.

Petit Boulot, un pied à côté de ses bottes, se ronge les ongles en bas de son achélème. Et il s'emmerde que c'en est pas croyable. Pensez, un garçon de dix-huit ans, en train de regarder passer des petits bouts de papier emportés par l'eau du caniveau, c'est pas sérieux. Ali Baba, natif de Bougie, cantonnier de son état, le contourne — pieds en éventail dans ses pompes sans lacets — et va pousser plus loin les emballages de sucettes, de carambars et les pots de yaourts.

Une fenêtre s'ouvre sur la façade du buildinge. Un type poivre et sel se penche et appelle :

— Hé ! Ho ! Pierrot !

C'est son prénom, à Petit Boulot Même qu'il n'aime pas qu'on le hèle de la sorte. Pierrot ! et pourquoi pas Eugène ? Il se retourne fumasse et sur ses gardes.

Le type braille :

— Ton patron a appelé. Il dit qu'il t'a pas vu hier. Il râlait sec…

— Et alors ?

— Et alors, je te dis que t'es pas sérieux, fils.

Cette manie qu'ils ont de revendiquer la paternité. C'est pas lui qui l'a donné le coup de reins. C'est papa, tout de même.

— J'peux monter téléphoner ?

— Monte. Oui, monte.

Petit Boulot se remet le pied dans la botte et gambade vers le hall.

Ascenseur en panne. Marche jamais, alors. Escalier. Dessins, graffiti pour monter et une odeur d'urine. Petit Boulot grimpe quatre à quatre ou plutôt deux à deux, mais on dit toujours quatre à quatre. Pourquoi ? Mystère et boule de gomme. Gomme arabique. Bique de cheval. Voilà ce qu'il se récite, Pierrot, pour oublier l'odeur de rance. La porte de l'appartement est entrouverte. Le type l'attend. Soixante cinq bornes. Le genre qui vient d'être mis à la retraite. Médaille d'argent. Pas complètement foutu. Encore besoin d'activité. Paraît que c'est la première année la plus dure.

Petit Boulot a une entrée en matière tout à fait fécale, si j'ose dire :

— Qu'est-ce que ça schlingue dans l'escalier…

132

— C'est les Pieds-Noirs. Je ne suis pas raciste, mais c'est eux. Maintenant que je suis à la retraite, je vais m'en occuper. Bon. Alors, tu téléphones ? Et fais pas l'andouille, Pierrot. T'as un bon boulot, garde-le. Regarde-moi, quarante-deux ans dans la même taule. C'est pas beau, ça ?

— Non. C'est pas beau.

— N'empêche que si tu te tires tous les quatre jours, ils te foutront à la porte.

— J'ai pas pu y aller. Ça arrive. C'est tout, merde.

— J'ai pris sur moi. J'ai dit que t'étais malade.

Ça sent l'oignon. Ça vient de la porte vitrée entrebâillée au fond du couloir. C'est de par là aussi qu'arrive la voix de sa bonne femme. Elle doit chialer tout ce qu'elle sait sur ses légumes. Elle renifle et elle dit :

— Je me demande pourquoi tu te mouilles pour ce petit voyou. Si j'étais son père…

De quoi je me mêle, mais de quoi je me mêle ? Elle est rien pour nous, purée de nous autres. Rien. Alors, qu'elle ferme son clapet Le type et Petit Boulot se regardent. Complicité ? Le vieux, il voudrait bien. Il y va même du clin d'œil. Petit Boulot reste de marbre. Buster Keaton il riait en comparaison. Complicité pas question. Vu ?

— Bon. Tu peux téléphoner. Dis-lui que tu arrives.

— J'ai pas ma moto.

— Tu t'es foutu en l'air ?

La pleureuse des Arts Ménagers remet ça :

— Bien fait ! qu'elle renifle.

— Non, je l'ai plus… c'est tout

— Eh ben, mon gars — dit le retraité — tu prends le train et le métro, comme tout le monde. T'en mourras pas.

— C'est ça ! la merde… Boulot et dodo.

Petit Boulot décroche le bigophone. Il se nomme pas. Il dit :

— Allô, c'est moi.

Ça suffit. Au bout du fil, on devine une longue bramante qui déroule son engueulade. Des mots. Il laisse passer. Il souffle dans ses joues. Il expire. Il fait signe que c'est pas possible, ce mec-là, son patron, il se branle ou quoi ?

Il conclut :

— Bon, ça va. J'arrive, et il raccroche.

XXI

Paname sera pas toujours Paname.

On peut même dire que c'est plus ce que c'était. Demandez autour de vous. Pour aller au gai labeur, c'est autobus, embouteillage et foule triste à se flinguer. Des tronches, des sales tronches, rien que des sales tronches. Personne siffle. Personne plaisante. On suit. On ne fait que suivre. Métro. Escalier mécanique, portillons automatiques. C'est la java-vache. Petit Boulot, au milieu de tout ça, il se défend pas.

Au garage, près de Montparnasse, le patron le réceptionne comme il faut. C'est un gros en blouse. Il est fort en gueule, mais plutôt bon zigue. Il fait sa partition de basse chantante :

— C'est quoi ? T'as des ennuis ? t'as besoin de quelque chose ? qu'est-ce qui va pas ? Parce que malade, j'y crois pas. Je te répète, t'as besoin de quelque chose ?

— NON !

Un NON ! qui serait écrit en lettres grasses sur n'importe quel illustré. Un NON dans la hargne.

— Bon ! Alors au boulot !

Les heures s'empilent n'importe comment. Petit Boulot bosse pour oublier. Le temps n'existe plus. Un univers de boulons, de contre-écrous, de joints commence. Le tout vu au travers des cheveux qui tombent en mèches dans le cambouis.

Silence entre dans le garage. Il va vers l'escalier. Personne fait attention à lui. Il cherche son copain. Il le trouve sous une grosse Chevrolet. Ses pieds dépassent. Il reconnaît les bottes. Il flanque un coup de tatane dans les semelles. Petit Boulot émerge furibard. En prime, il se cogne la tête.

— C'est toi ? J'croyais que c'était un con ! Qu'est-ce que tu viens foutre ?

— Tu vois, j'passais te voir.

— T'es venu en bus ?

— En train.

— T'as fait un beau voyage ?

— Dégueulasse.

— Et alors ?

— J'suis viré.

— Ah ! Condoléances.

La cérémonie n'a pas lieu. Le patron passe. Il gueule :

— Dis donc, Pierrot ! tu te maquilles ou tu répares l'américaine ?

Il s'éloigne. Silence se dandine et se lance à l'eau :

— Il a pas du boulot pour moi, non, des fois ?

— Écrase. C'est pas le moment.

— Font tous chier.

— Ouais. Allez, taille.

— À ce soir, Petit Boulot.

— Non, je peux pas. Je reste tard pour rattraper le coup. Je coucherai au garage. Sans ça, demain, c'est encore le bus, le métro et la merde. Je peux pas piffer les poinçonneurs.

— C'est ce que je dis : font tous chier. Salut.

— Salut, à samedi. Le mec Jo, on lui écrasera la gueule.

Silence s'éloigne. Les mains dans les poches du blouson. La tignasse à volo. Les épaules rentrées. Une loque. Petit Boulot le rappelle :

— Eh, dis donc, Silence !

— Quoi ?

— Beuark ? tu crois qu'il est viré idem ?

XXII

Beuark c'est moi. Le Roi de la Cloche. L'ombre de moi-même. Un jeune débris, réduit à jeter des petits cailloux dans une boîte de conserve pour faire couler le temps qui se rebiffe et n'en finit pas.

Ah, bien sûr, au bout d'un quart d'heure, vingt minutes, je ne rate plus jamais la boîte. Elle est pleine à ras bord. Je suis le champion du lancer franc. Bon pour la foire du Trône. Section jeu d'adresse. Mais je suis aussi un chômeur de plus. Licencié, le Beuark.

Elle ne devrait pas tarder. Tiens, tout justement, la voilà. Superbe, un peu vulgaire, très mini et bien vertigineuse. Josiane, ma tringlette du mardi et souvent du vendredi. Elle sort de l'immeuble. C'est elle que j'attendais. Je la rattrape parce qu'elle simule l'aveuglette. Tu m'as vu, pourtant, dis. Ah, d'accord, j'ai compris, elle jette un coup d'œil affolé vers les étages. Je fais dans la jovialité :

— Salut Josiane…

Je l'enlace. J'aime sentir son mont contre mon truc. Ça me met en flèche, en obélisque, en Tour Eiffel. Elle me fait un effet spécial. C'est ça, le sex-appeal.

Elle me tient à distance, du bout des bras :

— Stop… la vieille est à sa fenêtre. Elle nous guette au trou.

— Ta belle-doche, je la tringle à la course.

— Oui, mais quand même.

Passe un ange à la mode. Pur, les cheveux longs, sans relief.

— C'est un gars ? c'est une fille ? je demande à Josiane.

— J'sais pas. On s'en fout. Qu'est-ce que tu fais, cet après-midi ? On se fait un super-marché ?

C'est sa folie, à Josiane. Sa passion. Jamais vu un esprit de collectionneur comme le sien. Plus fort qu'elle. Quand elle voit tout ce qui dégouline comme marchandise sur le bord des rayons, elle a plus qu'une envie, c'est de le ranger chez elle. Y en a plein les tiroirs. Tout y passe. Les collants, les slips, les poupées, et même une fois un train électrique.

Je me sens tout nu en avouant :

— J'ai pas la moto. Elle est chez les flics.

Elle se marre.

— Qu'est-ce que ça empêche ? Ils viennent

d'ouvrir un nouveau « Mammouth ». Je suis sûre que c'est grisant.

— C'est ça et on se fait pincer par le flic maison. À pinces. Avec des paquets plein les bras. Merci bien.

— Tu me mets dans le petit chariot. Toi tu pousses et moi je mitraille avec des canettes de bière…

— Déconne pas. On se voit ce soir ?

— Ah non. Pas ce soir.

— Pourquoi ? Ton mari est pas parti pour sa tournée ?

— Si. Il est parti. Mais je ne peux quand même pas. Voilà. C'est tout. Insiste pas. Je suis libre, non ?

— Crève.

C'est que, belle pouffiasse, je ne suis pas d'humeur à supporter ce genre de réflexions.

XXIII

Dans le quartier des villas, des jardins d'ornement, et des nains de Blanche-Neige, Josiane arrive en voiture sport. Un cabriolet écarlate avec roues à rayons. Pute, pute volante elle est Josiane. Sa tire à deux carburos double-corps est garée dans un parking secret. Elle sert que l'après-midi.

À la grille d'une maison enroulée dans la vigne vierge, la poulette arrête son char à pneumatiques Pirelli. Elle sonne et attend seulette, les souliers à talons un peu inquiets, tournés vers l'intérieur.

Dans le living, une main très soignée avec des ongles bichonnés de nacre, enclenche un circuit de télévision. Josiane apparaît sur l'écran. Elle se requinque la permanente en expectant que Sésame ouvre-toi. Elle s'humecte les lèvres pour que ça reluise. Déplacement de la main qui appuie sur un bouton. La porte s'ouvre. Josiane entre. Elle est accueillie par Mme Agnès. La cinquantaine, une autorité un peu froide non dénuée de charme. Sous une robe de chambre chinoise, c'est l'automne d'une femme. Elle tient une palette et un pinceau. Non, sans blague. Mme Agnès est peintre du dimanche. Le mercredi, le jeudi, et tous les jours de la semaine avant les rendez-vous, elle se met devant un chevalet. Elle peint des chats, des fleurs et des petits enfants. Elle fait asseoir Josiane. Elle disparaît dans un froissement de soie sauvage. Sur ses nénés encore lourds, les oiseaux des îles font mine de s'envoler. C'est une illusion qu'elle retient de la main en se penchant. Elle pose sa palette. Regarde le portrait de Mao, son chat siamois et revient. Tap, tap, tap, avec ses mules. Elle s'approche de Josiane et lui balance posément une bonne paire de baffes. Aller-retour. Gratis. Une trace de rouge Ucello demeure sur la joue de la môme qui se lève et ne dit rien. Mme Agnès remonte ses bracelets qui font cling et parle posément :

— Ma petite fille, je t'ai déjà dit de ne pas venir cette semaine et qu'il n'y aurait rien jusqu'aux élections. Ce n'est pourtant pas difficile de comprendre ce que j'ai dit ; c'est valable pour tout le monde. Et toutes les autres ont compris. Tu te crois spéciale ? ou quoi ? Ou alors tu es particulièrement stupide ?

Josiane est au bord des larmes. Elle s'apitoie et pleurniche :

— Mais, madame Agnès, il y a mon vieux du mercredi. Je pensais que...

— Ne l'appelle pas : mon vieux. Et ceci pour deux raisons : d'abord, c'est un homme important, pour nous toutes. C'est grâce à lui que tu n'es pas obligée d'avoir des amabilités pour tous les flics du coin. Ensuite, il a cinquante ans... et c'est exactement l'âge que j'ai depuis hier.

— Oui, madame Agnès. Bon anniversaire, madame Agnès.

— Va-t'en. Et ne reviens pas avant lundi.

— Mais...

— Quoi, mais ?

— ... C'est que j'ai besoin d'argent. Est-ce que je ne pourrais pas...

— Non. C'est du chantage.

Elle va quand même à un petit meuble, la sous-maîtresse. Elle brandit cinquante mille balles en revenant.

— Tiens, prends ça et dis-toi bien que c'est une avance.

Madame Agnès vérifie à la télé si tout est calme outside. Yes, little bird, it is.

— Allez, vas-y. Achète-toi le journal du jour. Tu comprendras que j'ai raison. Qu'il est bien heureux que quelqu'un pense à votre place.

En parlant, elle redevient la mère du régiment.

143

Elle frotte la tache de vermillon sur la joue de sa petite pensionnaire. Elle lui lisse un sourcil au passage. La retourne. Gonfle sa coiffure par derrière et la pousse vers la sortie.

— Au revoir, madame. Merci.

Dehors, Josiane achète le journal. Le titre en première page, c'est :

PROXÉNÉTISME DANS LES CITÉS PÉRIPHÉRIQUES.

Sur cinq col, en lettres bâtons. De quoi se frapper.

XXIV

À son bureau, Madeleine Charron-Delpierre tape du dos de la main sur la même gazette :

— Mon cher Jean-Phi, ne seriez-vous pas l'inspirateur de ce brillant article ?

Les yeux du feuilliste clignotent de fierté :

— Pourquoi l'inspirateur ? Je suis journaliste de formation. Bien sûr, c'est moi.

— C'est de mieux en mieux.

Madeleine fait le tour du bureau et s'approche du jeune homme :

— ... Et vous n'avez pas pensé que l'honorable Edmond Grignard, des Transports Grignard et Cie pourrait bien riposter par quelques insinuations concernant les rapports que nous entretenons ?...

Elle est mi-figue, mi-raisin. Le ton n'est pas vraiment celui de la colère. Elle s'assied sur ses genoux. Il sent la chaleur s'installer dans son corps. Elle reprend son sourire :

— ... Madeleine Charron-Delpierre et son minet. Son charmant conseiller politique, son suppléant de cœur.

Ce disant, elle lui pince cruellement une oreille. Puis l'autre. Au point de faire mal. Elle se relève. Elle éclate :

— ... C'est ça, Jean-Phi, que vous cherchez à lui faire imprimer dans son ignoble torchon ?

Jean-Philippe se tient l'oreille droite. La plus douloureuse. Il est rouge. Il essaie de se défendre :

— Je vous ferai remarquer qu'il n'est pas nommé dans l'article.

Madeleine va se rasseoir.

— Et vous espérez de lui la même discrétion ? Vous croyez qu'il va rivaliser chevaleresquement avec ce que vous croyez être votre subtilité ?

— Nous l'attaquerons...

— Nous l'attaquerons ! C'est ça, nous l'attaquerons. À trois jours du scrutin.

Elle est redevenue la patronne. Elle tape sur le journal.

— ... Faites-moi le plaisir d'arrêter cette campagne de presse immédiatement. Et faites-lui savoir que vous rectifiez le tir dans votre article de demain. Débrouillez-vous.

— Comme tu voudras, Madeleine.

— Docteur, en public.

— Mais, nous ne sommes pas en public.

— Eh bien, faites comme si nous l'étions. À propos, savez-vous où est passée Véronique ? Elle a encore disparu de la circulation…

XXV

Véro est chez Silence. Elle gratte sur ses cours de socio. Depuis plusieurs jours, elle s'est enfermée volontairement dans une nouvelle existence. Elle se sent dépaysée comme si elle avait fait un long voyage, comme si elle avait attrapé une mauvaise grippe ou quelque chose comme ça. Elle se promène en robe de chambre. Elle a changé jusqu'à son mode de vie. Elle a inventé une civilisation au ras du sol. Le matelas du divan est par terre. Les draps sont enroulés, prêts à se faire la belle. Elle a exigé qu'on n'utilise plus les chaises, les tables et tout ce qui domine. Silence s'est plié à tous ses caprices. C'est un joyeux bordel de tasses, de verres, de cendriers et de bouquins sur le parquet vitrifié. Les livres ont fait leur apparition dans la vie de Silence. Il s'y est plongé résolument. Autant par curiosité que par désir de plaire. Il s'y est noyé. Blouc, blouc dans l'imprimerie. Les doigts tout noirs, il regarde Véronique qui travaille. Comme elle écrit vite. Comme elle souffle sa fumée de cigarette par le nez. Comme elle est belle. Il n'ose pas la déranger. Pourtant, il a envie de parler. De dire, de dire. Et puis, rien.

C'est elle qui lève le nez de dessus son ouvrage. Elle le regarde pensivement. Elle se demande quelles sont ses préoccupations du moment. Elle interroge :

— Qu'est-ce que vous allez faire ?

— Massacrer Jojo Meunier.

— Ça vous avancera à quoi ?

Silence prend l'air boudeur. Celui des enfants qui voudraient faire des gestes d'hommes, mettent le chapeau de leur père et s'aperçoivent qu'il leur arrive aux yeux.

— J'sais pas. Mais quand je pense qu'on lui fait ses sales combines et qu'après il nous lâche aux poulets… C'est une ordure ce mec.

— C'est un sous-fifre. Il fait ce qu'on lui dit de faire.

— Ce soir, il aura sa dose, crois-moi.

Il aurait fallu se taire pour pouvoir rester engourdis l'un en face de l'autre. Maintenant, quelque chose est cassé. Silence est condamné à jouer le personnage qu'il vient de déterminer.

— Bon, dit-il. Je sors. J'suis jamais tant resté à la maison que depuis que tu es là. Je deviens vieux. Tu restes ici, ce soir ?

Il y a de l'agressivité et de la gentillesse. Elle ne répond pas tout de suite. Elle se doute.

149

— Non, non. Ce soir, je rentre chez ma mère. Elle ne peut plus rien contre moi. C'est demain les élections. Et puis d'ailleurs, je ne chercherai pas à l'emmerder. Finalement, je m'en fous.

— Ouais. T'as raison. On s'en fout de leurs bings.

Il hésite à sortir. Reste devant la glace. Un coup à lécher sa main, un coup à la balader sur un épi rebelle. Il revient dans le living. Marche sans le vouloir sur un livre. Il se baisse, l'essuie.

— Mais… tu reviendras, chez moi.

Elle bat des cils. Les gonzesses, qu'est-ce qu'elles ont comme trucs pour empaqueter les mots.

— Oui… bien sûr.

Mais elle n'en croit pas un mot. C'est comme si les vacances étaient finies. Il le sait bien, Silence. Il sort en fermant doucement la lourde. Véronique se redresse dès qu'il est parti. Elle se cache dans l'embrasure de la fenêtre et soulève juste un peu le rideau. Il traverse la rue. Tendre silhouette qui cherche à s'enrouler. Il ne se retourne pas. Elle se replonge dans son travail.

XXVI

Quelquefois il y a des gens qui font irruption dans votre vie n'importe comment. Celui-là, c'est par le haut qu'il est entré. C'est sa casquette rouge qui m'a tiré l'œil. Je relève la tête. Il a pas de visage, il est trop haut. Je lui fais signe bonjour. Il me répond. Vu par ce mec qui nettoie les carreaux au bout d'une poulie à 40 mètres de haut, je ne dois pas avoir l'air plus gros qu'un petit pois. Je répète le geste. Salut ! Après, on n'a plus rien à se dire. Je traverse la place en shootant dans ma boîte de conserve et lui, il joue avec son essuie-glace. Quand j'arrive, je trouve mes potes suspendus comme des pinces à linge sur le fil du trottoir. Inertes. Sans vie. La tristesse écaillée sur les lèvres. Badabim, badabam, je pousse ma boîte devant moi. Je m'immobilise et je shoote dans le tas. Plongeon unanime. Pomme se saisit du projectile. Ils partent en courant sous les arcades en se faisant des passes comme au rugby. Quand je les vois tourner le coin, je coupe par le passage souterrain juste à temps pour les intercepter. Sur passe croisée de Petit Boulot, je balance la boîte à la gueule d'un réverbère qui dégringole en pluie de verre. Et puis, tout le monde devient sérieux sur un signe de moi.

C'est que je suis tombé en arrêt devant une voiture noire.

— Croyez-moi si vous voulez, mais voilà la guimbarde de M. Jo. On fait comme prévu.

Coup d'œil à droite, coup d'œil à gauche. Petit Boulot ouvre le coffre, se glisse à l'intérieur. Il le referme sur lui. Les Beuarks se dispersent.

C'était moins cinq.

Georges Meunier, tout sourire, sort d'un immeuble. Il serre longuement la main d'un type en costume. Il lui fait le coup de la chaleur humaine. Il lui lâche plus la main. C'est pas pour rien qu'on est à la veille du grand jour. Chaque voix compte. Encore une bourrade affectueuse, une accolade, un faux départ, un éclat de rire, et Georges Meunier monte dans sa voiture. Il s'en va avec Petit Boulot en bandoulière, en épingle à nourrice, en sautoir. On a juste le temps de voir le coffre se soulever un peu, rapport à l'oxygène, et la bagnole tourne le coin.

On se regroupe devant la cabine publique de téléphone qui se trouve à trois encablures de là. Sur le chemin, plus fort que moi, je regarde en l'air. Je vois mon type à la casquette rouge qui a changé de façade et qui n'est qu'à vingt mètres de haut. Il me fait signe hello. Je lui rends sa politesse. Tiens, c'est un négro. Salut, négro. Y doit manquer d'affection. On se dira bonjour chaque fois qu'on se verra.

Donc, on se groupe autour du téléphon. Au bout de deux minutes, un type ordinaire s'amène pour passer un coup de fil. Il a un cabas plein de poireaux et de pommes de terre qui lui scie la circulation. Il change de main et entrouvre la porte. Il se bute dans Hifi qui lui met l'index dans le buffet :

— Y marche pas, m'sieur.

Le type voit bien que c'est pas vrai. Il essaie de contourner la cabine. Je suis assis par terre, jambes étendues. Comme il va m'enjamber, je lève la guibole. Il se retrouve à cheval comme à Saumur.

— Il est en dérangement, on vous dit

— Non, mais dites donc…

C'est qu'il se cabrerait. Alors Pomme et Petit Boulot se ramènent doucement, désinvoltes, pas très responsables de leurs gestes. C'est la pire des menaces.

Le type se tire. Là-haut, mon copain Négro me fait coucou. Il est remonté dans les extrêmes altitudes. À ce moment-là, le téléphon son et tout le monde y répond.

Quand on ressort, Pomme soupire :

— C'est pas la porte à côté...

Et sans moto, ce n'est que trop vrai.

Par principe, je longe le bord du trottoir. Du côté des voitures. Je cherche à les ouvrir systématiquement. Je compte jusqu'à vingt-sept et ça marche. J'ouvre la portière. Les amis font le pet. On est mécano ou on ne l'est pas. Des spécialistes, en somme.

Cinq minutes plus tard, vos Beuarks vous saluent bien. Nous avons une DS 21 comme tout le monde.

XXVII

Georges Meunier, le dos bien à plat et le ventre tout rond, goûte le repos du guerrier. Madame Agnès allègrement pomponnée lui sert de dame de compagnie. Elle s'est perchée avec tous ses petits oiseaux sur l'accoudoir du fauteuil profond. À la bouche, un verre de Sandeman, à l'autre main, une mule d'Agnès tenue par la bride, Jojo s'en met plein les mirettes. La soie glisse en une fissure vertigineuse sur les gambettes de la dame. C'est bien ce qu'il lui reste de meilleur. Jojo en cramoisit. Pourtant, la converse est sérieuse :

— Son article à ce petit jobard, je vais te dire, ça a été un pétard mouillé. Tout le monde s'en tamponne ; ce qu'ils veulent, les Français, c'est que la vie n'augmente pas. Mais des bordels, y s'en foutent. D'abord, il y en a toujours eu. Un bon claque n'a jamais fait de mal à personne. Pour en revenir à l'article en question, ils ont d'ailleurs repris leurs billes le lendemain.

— C'est Edmond qui les a fait revenir à de meilleurs sentiments ?

— Oui. T'en fais pas pour Grignard, va. Il est le plus fort. Il a dit que tu te tiennes tranquille jusqu'à lundi, mardi — dans ces eaux-là, et puis après, tu te remets au boulot. Tranquillotte. Il faudra mettre les ovaires doubles...

— Dis donc, dis donc... « Monsieur Jo », n'oublie quand même pas que c'est un peu grâce à moi que tu as ta situation.

— J'oublie pas « Agnèche ». J'oublie pas. Il y a des choses qu'on n'oublie pas.

On sent qu'il est parfaitement insincère, cet homme-là. Il glisse sa grosse patte dans l'échancrure du décolleté. Il tripote vaguement les richesses, sans intention de donner le frisson. Juste pour calmer le lait qui bout. Ça met Mme Agnès aux dernières extrémités. Elle attrape même des rougeurs autour du cou. Des bouffées.

Georges suit son programme, d'une voix bien pépère :

— Edmond m'a demandé de ramener la petite contribution. Tu vois que je pense à tout. À l'utile et à l'agréable.

— Tu diras à Grignard qu'il y a nada, puisque les filles ne font rien depuis huit jours.

— Donne toujours ce qu'il y a. Les élections, ça creuse les bourses et les protections, ça compte. On a dû «désintéresser» pas mal de gourmands, ces derniers temps.

— Tu auras ton petit dimanche en partant, Jo.

Elle le déshabille avec une belle autorité de gouvernante.

— Eh là, eh là ! je ne reste pas…

— Mais si. Mais si, tu restes, mon gros chat. En tout cas, lui, il reste…

Et elle lui saute au truc. Pratiquement, il n'y peut rien. D'autant que ses humeurs sont épaisses. Il se retrouve à poil, le grizzli. Il se retrouve même sur un lit en position du baigneur couché. C'est une scientifique, Mme Agnès.

Eh bien, croyez, croyez pas, c'est ce moment-là qu'on choisit, nous cinq, pour ouvrir la porte à deux battants, prendre l'air étonné et faire une ovation, un grand bravo et bis à Jojo Meunier.

— Meunier ? tu dors ?

L'homme politique, sans plier sa trique, quitte sa partenaire avec précipitation. Il a des excuses. Le costume d'Adam, ça donne des complexes. Il se jette sur sa vêture. Je suis plus vif que lui. Je rafle le paquet de fringues et je sors à ma stupéfaction, un vrai revolver de la poche idem du pantalon de Georges.

— Merd' alors !

D'un coup d'œil dans une glace, je me regarde faire avec satisfaction. Je braque Jo Meunier. Je fais semblant de tirer. Je mime le recul et les coups de feu. J'avais pas joué à ça depuis au moins quatre ans.

— Comme au cinéma ! Ping ! ping ! ping !

Sauf que c'est un vrai. Avec un œil noir. Une expression froide et des reflets corbeau. Une espèce de bleu sourd qui fait penser à la mort. Je trouve qu'on devrait caréner une moto avec cette matière-là. Ce serait la plus belle bécane du monde.

— Fais gaffe, petit ! il est chargé ! J'sais plus si j'ai mis le cran !

Voilà ce qu'il brame, notre cerf, planté tout à poil au milieu de la pièce.

Au bout d'un moment, les gars se rappellent pourquoi ils sont venus. Ils font mouvement vers Jo. Entre ses jambes, son émoi commence à s'émousser. C'est fini la pivoine, ça devient un bouquet d'immortelles, de la menue monnaie du pape. Une violette et puis plus rien : Jo a peur. Mme Agnès fait mine de redevenir verticale.

Je dis sèchement :

— Toi ! tu bouges pas, mémère. On va bien trouver un volontaire pour te finir…

Pomme lève le doigt illico.

— Présent ! Moi, j'y vais.

Il fait un détour par Jo, s'avance vers lui et lui balance une châtaigne à l'improviste. En plein milieu des fleurs séchées. Meunier prend l'expression que j'ai toujours connue à la Marseillaise qui orne l'Arc de Triomphe de l'Étoile. Le corps tendu, la bouche ouverte et plus envie de la refermer. Petit Boulot tend la jambe derrière lui et pousse de la main en même temps. Jojo s'affale comme une chiffe et referme les crocs sur son poing qu'il mord. On dirait qu'il perce ses dents.

Pomme se dirige vers la dame. Il se met tranquillement en position de la finir. Je peux pas très bien dire comment ça a commencé, parce qu'on est occupés à massacrer Jojo Meunier. Toujours est-il que le dévouement de Pomme ne soulève pas beaucoup de protestations de la part de Mme Agnès. À son âge, qu'importe les moyens, pourvu qu'on ait l'ivresse.

Nous, les quatre Beuarks disponibles, on se relaie pour tabasser Jo, qui a vite fait de sanguinoler comme s'il avait renversé ses confitures de framboises. On s'occupe pas de ce qu'il dit entre les coups :

— Arrêtez !... Faites pas ça... non !... J'ai du boulot pour vous... du fric !... les flics vous auront... petits salauds... et coetera...

Tout va, tout lasse. On s'arrête.

On est en nage, à force de cogner. Il faut dire que la maison est surchauffée. Pas étonnant, Agnès vit tout le temps à poil. Sur le divan, la partie de jambes en l'air dure toujours. On entraîne Jo dans la danse pour qu'il profite du

159

spectacle. Agnès a un fameux coup de reins. Elle a pris goût à la chose de Pomme. Il a plus tout à fait le dessus.

— Jusqu'aux pépins ! il halète au creux d'un va et vient.

On laisse faire.

On poursuit le programme.

On transbahute Georges au milieu de la salle de réception du claque.

Le mobilier m'inspire soudain une idée comme on en a trois ou quatre dans sa vie. On va reconstituer un tribunal. On va juger cet adulte à la con.

On déplace les meubles. On n'a jamais assisté à un procès, mais en mélangeant les gestes des juges de cinéma et les mots des flics qu'on connaît bien, on arrive à recoller à une réalité faite de grandiloquence, de brutalité et de conventionnel. À vrai dire, ça commence par des rideaux arrachés. La penderie d'Agnès fournit les robes des avocats, et puis ça dégénère et la violence nous prend. C'est parce qu'on a trouvé une bouteille de whisky. On se la gaufre roide à la bouteille. Du coup, c'est plus le tribunal de Versailles, c'est le commissariat du quartier : loupiotes braquées sur l'accusé, gifles, cheveux arrachés et chacun son tour pour poser des questions. On s'y croirait.

Georges Meunier, asphyxié de lumière, de bruit, de coups, est un petit tas de cendres sur sa chaise. Il fait un vague geste vers la bouteille pour avoir à boire.

Je suis formel et déjà un peu rond :

— Tu boiras un coup quand tu seras condamné à mort.

Et le revolver sort, et il circule. Et on se le passe, et on l'admire. On en oublie presque l'accusé. Et la bouteille de scotch circule aussi. Elle fait son chemin. Elle glougloute. Elle navigue dans les airs. Et après celle-là, on en trouve une autre.

Et tout le monde picole... même Jojo Meunier.

— Ce pétard, c'est un bel engin.

— Avec ça, on va être les rois.

— Finie la bricole.

— T'entends, Pomme ? Je demande en m'encadrant dans le chambranle de la porte.

Mon petit camarade a enfin terminé. Sur le divan, il s'écarte de Mme Agnès qui lui parle à l'oreille. Pomme se redresse, tout rigolard.

— Toi alors ! t'es une ogresse.

Il passe devant moi. Je lui emboîte le pas. Il arrive vers les copains, prend machinalement la bouteille des mains de Georges qui a tendance à se poivrer et dit :

— C'est à toi, Hifi, tu plais à Madame. Tu lui rappelles un homme qu'elle a beaucoup aimé... à Casa, qu'elle dit.

Il essuie le goulot et boit un grand coup de vingt centilitres pour nous rattraper. Hifi dit Banco et s'approche de Mme Agnès. Il la domine. Elle est répandue sur le plume, liquide et voluptueuse. Lui, pas tout à fait d'équerre sur ses jambes, la contemple en oscillant. Il décrète après mûre réflexion :

— Moche ! Trop vieille, ma vieille.

Madame Agnès lui fout un coup de poing maladroit sur le nez. Ses bracelets font cling. Hifi réplique du tac au tac, à plusieurs reprises, du dos de la cuillère, comme pour un homme. Il s'arrête désemparé quand il réalise qu'elle aime ça. Du coup, il la saute en criant Youpee.

Nous on continue à boire.

Meunier retrouve l'usage de la parole. On se sent tous un peu ramolos. C'est l'heure des confidences. Jojo prend l'air électoral :

— Mais moi... mon vieux... je suis qu'un pauvre mec... comme vous... J'ai un patron. J'suis qu'un salarié. Je fais c'qu'on me dit. Il faut bien, il le faut bien. J'ai une femme et des gosses, moi... d'ton âge à peu près, sans déconner, c'est vrai...

— Tu vas nous faire pleurer... ânonne Silence un rien sentimentoche.

Je durcis les rapports. C'est moi, le chef.

— Tu pensais pas à ta femme, tout à l'heure, Jojo.

162

Y manque pas d'aplomb, frisapoil :

— Mais c'est pas pareil, mon petit gars. C'est pas pareil. Tu verras plus tard. Tu comprendras. Tu vas pas comparer. Elle, mais c'est une pute… donne-moi un coup à boire.

Il dit ça tout naturellement. Il est presque à l'aise. Il tutoie son monde. Il reprend du poil de la bête.

— Donne-moi un coup à boire.

— Y en a plus. La bouteille est vide, dit Pomme.

Il la retourne. Il fait le geste de la tordre comme un linge qu'on essore. Georges connaît admirablement les lieux :

— Dans le placard du couloir. Y en a d'autres. Il y a peut-être même du « champ ».

Et glouglou et pop et la valsagua des boutagas, ça y va. Gerbes, bulles, rots — les verres, les coupes sortent aussitôt cassées sur leurs pieds — C'est la soulardaguagraphie. C'est le pied, c'est le nez, c'est l'orgie.

Et on discute.

Petit Boulot se renseigne :

— Y te paie bien, le député ?

Pomme se gratte :

— Combien de l'heure ? T'es au forfait ?

Moi, rond comme une bille, je m'obstine à rester vache :

— C'est un salaud ! Grignard est un salaud !

Je prends Jo Meunier par le milieu du ventre. Je crochète ma main dans sa graisse, dans sa couenne. Je tords le lard. Je secoue. Ça me reprend, la brutalité. Comme une fumée, comme une envie, comme une tornade. Je ne me sens plus.

— Tous des salauds, les blancs, les rouges ! les noirs et les jaunes ! des salauds ! La politique ? de la merde ! une salope ! une pute ! Une… chiure de merde de salope ! Tous des salopes !

Je ne sais même plus ce que j'ai dit. Les mots se bousculent. Je ne sais qu'une chose, c'est que je déteste tout.

Il y a un silence terrible d'un seul coup. Ils sont tous immobiles à me regarder. J'ai la tête qui tourne. Je les vois plus très clairement. Tout en haut du plafond, je crois distinguer mon petit négro à casquette rouge qui me fait hello. Les dents blanches, l'air comique. J'ébauche le geste de lui répondre. Salut, négro. Merci, négro. Je me sens plus calme.

Jo Meunier en profite. Il parle d'une voix d'adulte. Il n'a plus peur de moi.

— Tu sais, petit, la politique, c'est un métier. Moi, une supposition que j'aie pas la politique, je suis un type foutu. D'accord, c'est saisonnier. Mais après, tu te rattrapes. Et puis, il y a les relations.

Il tend la main vers une cigarette que Pomme

vient d'allumer. Il la tète et s'environne de fumée bleue. Il fait un clin d'œil en direction de Mme Agnès :

— ... Et puis, tu fais travailler les autres. La politique, c'est un métier de chefs. Dans la vie, si t'es pas un chef, t'es un con.

Tout le monde boit en silence.

Et tout le monde acquiesce, parce que quand on est bourrés, on est philosophes.

Soudain, le téléphone sonne.

Stupeur.

La vie continue. Ailleurs.

Immobilité.

Pas de réflexes.

C'est Georges Meunier qui décroche lentement. Mais il a aussitôt mon couteau sur la gorge. Chef. Je suis un chef. J'empoigne l'écouteur. Les gars aussitôt se sont ressaisis, durcis. Au bout du fil, c'est Grignard. Il gueule :

— ... Je m'en doutais ! Je me doutais que tu étais encore là. Je t'avais dit de ne faire qu'un saut... de rester un quart d'heure...

Georges blanchit. À voix de subalterne, il temporise :

— Mais, je...

Si Edmond des transports pouvait voir la misère du pauvre monde, il comprendrait. Au lieu de cela, il est bien calé dans sa villa qui ressemble à celle de Madeleine Charron-Delpierre.

Mais à l'intérieur, tout est à descendre de plusieurs crans dans l'échelle du goût. Ça fait tape-à-l'œil et nouveau riche. Il a toujours fallu plusieurs générations pour réinventer la bourgeoisie.

Grignard enchaîne :

— Je suis passé devant les panneaux. Pas une affiche lisible. C'est un désastre. On dirait que je te paie à ne rien faire.

— Je vous l'ai dit — se défend l'autre — j'ai eu des problèmes avec mes colleurs d'affiches.

— Je ne te paie pas pour avoir des problèmes. Seulement pour les résoudre. Passe me prendre dans un quart d'heure. Nous allons faire ensemble la tournée des emplacements.

Il raccroche.

Georges tente une sortie :

— Bon... ben, il faut que j'y aille. Le boulot... le patron... Vous avez entendu...

J'ai déjà goupillé un plan. Je me sens extralucide :

— Tu bouges pas, Casimir ! tu restes avec Madame. Nous, on va aller le chercher, ton patron. Il va y avoir droit aussi, figure-toi...

— Vous êtes complètement...

— Ta gueule.

Je viens de lui assaisonner un coup de crosse sur le coin du blair. Il est en poupée de chiffon pour un bout de temps. Je me tourne vers les beuarks.

166

— J'en veux deux pour rester ici. Faudra surveiller la goulue.

Hifi fait son entrée.

— Nous, on reste, avec Pomme. On a nos petites et nos grandes entrées…

— Ouais. Ça sort pas de la famille.

— D'accord, vous deux, vous restez.

Le couteau sur la gorge de Mme Agnès, et on a l'adresse de Grignard. On embarque les vêtements de Georges Meunier. On a trouvé sans peine ses clés de voiture dans le gilet et tout baigne dans l'huile.

Si notre affaire s'était plaidée maintenant, si on avait cherché les raisons de notre violence, si on avait voulu expliquer notre délire, cela aurait été simple : on était ivres, mes bourriques, ivresvivants.

XXVIII

Un quart d'heure plus tard, la voiture de Meunier s'arrête devant chez Grignard. Il est déjà dans le jardinet. Chapeau gris. Manteau croisé. Il sort. Il vérifie sa boîte à lettres. Il en retire quelques prospectus qu'il consulte en ouvrant la portière. Il se laisse tomber dans la voiture. Petit Boulot a enfilé le veston de Jojo et son couvre-chef. Ça fait la blague pendant quinze secondes, le temps que la chignole démarre. Grignard s'apprête à tempêter. Il relève la tête, n'y comprend rien, regarde dehors les maisons qui défilent et se retourne affolé vers l'arrière :

— Mais qui êtes-vous ?

Couteau sur la gorge. Gargouillis du Député. Les paroles ne servent plus à rien. Les mots vont se faire rares. La place est à la violence. On est embringués sur des rails. Action. Maintenant, action. C'est la politique qui avait introduit la parole.

Au détour d'une rue, nous croisons un car de police. Grignard lève la main en signe d'appel.

Le couteau devient froid. Le car s'arrête. Nous, nous continuons.

Le brigadier s'adresse au chauffeur :

— C'était Grignard. Il a dit bonjour.

— Oui. On voit que c'est pour demain.

Dans la voiture, le député ressemble à un paquet de linge sale. Dans les virages, il pose sa tête sur l'épaule de Petit Boulot quand on tourne à gauche, il la cogne contre la vitre quand on tourne à droite. Son chapeau est de travers. Il a dû faire quelque chose de mal puisqu'il est inanimé. Je serre le revolver. Ça commence à me plaire d'assommer tous ces vieux.

Petit Boulot conduit les dents serrées. Il envoie dinguer le politicien et il demande :

— Qu'est-ce qu'on fait ? Où je vais ?

Silence s'embrouille l'épi du bout de l'index :

— On peut pas le trimballer des heures. On va se faire agrafer.

Je ne vois qu'une solution :

— Silence ! Ta cabine à réfléchir. C'est là qu'il faut le larguer.

Sans une parole, virage sur l'aile. Détour. On s'embarque dans le terrain vague. La guinde rebondit et finit par piquer du nez dans les orties. On se colte Grignard dans la chambre insonore. On l'articule dans le Voltaire, on lui laisse que le noir et on l'enferme à double tour. Lui, le silence et son cœur.

J'aimerais pas me réveiller à sa place.

On continue sur notre lancée. On sonne dix minutes après à la grille de Madeleine Charron-Delpierre. La tournée des grands-ducs. C'est Véronique qui ouvre la porte. Comme au bon vieux temps :

— Salut, Vérole !

— Qu'est-ce que vous faites là ?

— Ta mère ! On veut voir ta mère.

— Vous êtes malades, ou quoi ?

— On parle plus qu'aux chefs. On veut voir ta mère.

Un car de poulagas passe en rase mottes le long de l'avenue. Véronique ne perd pas le nord :

— Entrez, restez pas là.

On entre comme dans une église. Sans faire de bruit, la tête en l'air, l'air respectueux. C'est plein de peintures, de meubles anciens.

Véronique veut savoir :

— Alors, qu'est-ce que c'est que cette histoire ?

Une fois à l'intérieur, je me sens beurré comme un petit Lu.

— Y a pas d'histoire. C'est de la politique.

Silence opine, les paupières en rideaux :

— D'ailleurs, tout est politique.

Et Petit Boulot dira pas le contraire :

— Alors, nous aussi.

Je dis encore :

— Et on est sérieux...

Là-dessus, je démasque le revolver de Jojo pour nous donner du poids.

— Nos motos. Il nous faut nos motos. Ta mère va chez les flics. Elle se démerde. Elle nous récupère nos motos.

C'est devenu une obsession.

— Ah, parce que tu crois que c'est aussi simple que ça ?

— Vouais. Où elle est ta mère ?

Une obsession. Rouler en moto, avec mes potes, en direction de la mer. Oublier tout ça. Ça doit bien se négocier, non ?

— On lui rend un service. Elle nous fait rendre nos motos et nous, on lui donne Grignard. Donnant, donnant.

Silence a tout compris :

— La politique, quoi.

Et Petit Boulot :

— La politique.

Donc, je suis clair :

— On prend nos bécanes et on fout le camp... parole...

— Dans le Midi, au soleil...

— ... à la mer.

Et on se marre tous les trois comme des débiles.

Véronique, sans prévenir, m'empoigne par le col et me secoue comme un prunier. Elle devrait

pas. Je suis si fragile de l'estomac. C'est ma faiblesse. C'est vrai, je dégobille pour un rien. J'suis
malade. Oh ! j'suis malade. J'voudrais vomir.

— Qu'est-ce que vous racontez ? Vous êtes
saouls ! saouls comme des vaches !

Je hoquète :

— C'est fini. On est les chefs. On joue plus
avec toi.

Silence tourne. Il me fout le vertigo.

— Et saouls ou pas saouls, c'est pareil…

Véronique me lâche. Je respire un grand coup
et je m'appuie au mur. Véronique soupire :

— Vous buviez jamais.

Quel taré, ce Petit Boulot ; je l'entends qui
déclame dans la sobriété :

— Maintenant, on est des hommes.

Et il tombe raide.

Ah donc, j'étais pas le seul à avoir ma dose. Je
suis prêt à faire ma faiblesse quand on sonne à
la grille du parc. Véronal regarde par la fenêtre.
C'est Luis et Étienne. Elle rafle son châle à la
patère et elle sort dans le parc au-devant d'eux.
J'entends les graviers qui font le bruit de lui
mâcher les chaussures. Ils reviennent tous les
trois à petits pas. Sans doute, elle les met au
courant. Ils entrent dans la maison.

Étienne termine une phrase :

— Les dernières nouvelles, c'est que ta mère

172

n'a pas grande chance de passer. Les flics te surveillent.

Luis complète le bulletin d'informations :

— Lundi matin, ils te ramasseront. Quand tout sera fini. Après, ils remonteront jusqu'à nous.

— Oui. Pour le moment, ils laissent traîner. Ils se rangeront sous les ordres du plus fort. Pas pressés.

On fait les présentations. Étienne me dit :

— Pour vous, ils ne vont pas attendre lundi.

Ça ne me fait ni chaud ni froid. Je suis bien trop saoul, mon cousin. Je demande avec une voix en la mineur :

— C'est où, la salle de bains ?

Y répondent pas assez vite. Ou même, j'ai pas parlé. Pas pu, peut-être. Allez savoir. Alors, je pars à l'estime, comme un somnambule obstiné et j'enfile les couloirs. Au 1er étage, je trouve du premier coup. C'est rose cocotte. Je m'enferme. Je rentre dans la baignoire avec les godasses et tout et tout. Je movis, je movis, je vomis tout.

Johnny Walker sort de mon ventre avec sa canne et son chapeau. Ah que c'est bon, que c'est long. J'ouvre le robinet de la douche et je reste habillé sous une pluie battante. *Singin' in the rain.* Je sais que ça va mieux dès que j'arrive à imaginer mon négro à casquette rouge tout en haut de la pomme d'arrosage. Il descend avec son essuie-glace. Il me sèche. Il fait hello et il s'en va par l'écoulement. Je ressors de la baignoire. J'avise un vaporisateur. « Chant d'arômes », c'est marqué ; je pulvérise. J'asperge ma trombine, mes aisselles et derrière les genoux. Après, ça va mieux.

Quand j'arrive en bas, Petit Boulot a récupéré lui aussi. Silence et lui ont fait un topo aux étudiants.

Luis est formel :

— Il fallait enfermer la maquerelle avec le député.

Étienne trouve ça génial :

— C'est vrai ! Vous vous rendez compte, les titres des journaux ! Un jour d'élection, trouver un représentant du peuple à poil avec une pute... quelle joie ! Vous avez raté le 14 Juillet !

Petit Boulot veut pas avoir l'air d'y avoir pas pensé :

— Il est pas trop tard pour bien faire.

Silence est prêt à repartir :

— On les met à poil... allez, on y va.

Je suis ruisselant comme une petite sirène sur le Belouchistan.

— Le chef, c'est moi. Et on fait ce que je veux.

Je me dirige vers Véronique qui se baleine et je la secoue :

— Et t'entends, Vérole, j'suis pas plus saoul que n'importe qui. Tout ce qu'on va faire, c'est récupérer nos motos. Après, on ira se faire dorer ailleurs.

— O.K. D'accord. Tu n'es pas saoul. Mais tu crois pas que…

Le gars Étienne roule les mécaniques. À moi, il dit texto :

— Mon petit gars, c'est pas votre histoire de motos qui va changer la société. Vos vacances sur la Côte, on s'en bat l'œil…

Je ne sais pas pourquoi, mais ça la met au bord de la crise de nerfs, la petite Véronique. Ses yeux lancent des éclairs.

Elle trépigne :

— Oh, toi, Étienne…

— Quoi ?

— Eh bien, tu ne t'en fous pas.

Elle le gifle.

— Tu ne t'en fous pas… j'en ai marre que tu t'en foutes !

Elle le gifle encore.

— … j'en ai marre de vous entendre jouer avec des mots à longueur d'année scolaire ! De vous voir faire la révolution en faculté ! Depuis 68, vous êtes des anciens combattants. Mais dès qu'il y a un petit quelque chose, un petit quelque chose de précis… Y a plus personne… théoriciens de la Révolution, mon cul… Vous êtes des trouillards, des fils de bourgeois, des types qui ne savent pas se servir de leurs mains…

175

Luis veut intervenir. Il prend l'air du continent qui en a vu d'autres. Sans doute parce qu'il voit Tinou se dégonfler comme une baudruche.

Je lui laisse pas le temps de placer un autre discours. Ça devient long, tous ces mots. Je lui colle mon poing dans la gueule. La force vient de prendre le pas sur l'intelligence.

— Vous, les intellectuels… vos gueules. On va contenter tout le monde. L'union fait… Alors, puisque cette putain de politique vous amuse, on va faire ce que vous dites, et après, vous nous aiderez à récupérer nos engins… d'accord ?

Véronique l'ouvre, ou plutôt fait mine de.

— Vérole. Ta gueule aussi ! Tu comprends, on n'écoute plus personne. Tu restes à la maison ou tu viens avec nous. Mais tu la fermes. T'entends ?… Vous entendez ?… Tous ?… Vos Gueueueueueules !!

Et plus un mot.

Ils ont un chef.

Chef, chef, chef.

XXIX

Quelque part dans un sous-marin ou dans une tombe, Edmond Grignard s'éveille. Le silence commence à monter à l'assaut du quinquagé-naire. Les battements de son cœur, les flux de son sang, la cadence de sa respiration rythment son angoisse. Un point familier lourd et mortel s'installe dans sa poitrine et cherche à l'asphyxier. La sueur trempe le creux de son dos. Dans sa poche, il trouve la boîte qui contient ses pilules. Le couvercle résiste puis cède. Un geste mala-droit et les petites billes roulent dans tous les sens. À quatre pattes, dans le noir, Edmond cherche sa vie qui lui échappe.

XXX

Mme Agnès regarde son téléphone blanc et s'affole. Elle se prend dans le fil et raccroche. Dans la maison, un troupeau de mammouths fait son chemin avec emportement et se rapproche de pièce en pièce. Elle referme son peignoir qui pendouille et contemple à ses pieds Pomme et Hifi, somnoleux et bras en croix qui tiennent une cuite ronflatoire. La porte vole en éclats et les mammouths font leur entrée.

Tel Elliott Ness, j'enjambe les éclats, le revolver bien en main. Derrière moi, Silence et Luis. Georges Meunier a disparu. J'empoigne la rombière et je la pousse devant moi. Elle rassemble ses miches de ses bras croisés et nous enfilons les chambres dans le sens inverse. Sur le palier, on entend les pimpons d'une voiture de police. Virage. Escalier. Virage et on se fourre nez à nez avec une vieille ruine laquée à mort : exactement Agnès dans vingt piges. Elle entrebâille un placard où elle s'est planquée. On se regarde. Elle dit :

— Agnouschka, ma petite fille…

Je referme aussitôt la porte du débarras et je ferme à clé. Je pousse mon bétail et on finit de descendre les marches. On n'entend plus les flics. Suivent dans l'escalier les deux ivrognes entraînés par Silence et Luis. Têtes qui rebondissent sur les marches. Arrivés au palier, ils se redressent en ricanant et suivent plus ou moins sur leurs pieds.

Tout le monde se case dans la voiture de Grignard. Petit Boulot, qui était resté au volant, embraye comme à Montlhéry.

Il était temps. En tournant le coin, on entend de nouveau les flics comme si on y était.

Le car de police s'arrête à la place qu'occupait notre voiture auparavant. Les mannequins giclent à toute allure. Si on avait été encore là, on aurait vu Bellanger sortir le dernier. Calmement, il essuie ses lunettes, souffle dessus et regarde au travers. Il les braque sur le premier passant. Il se trouve que c'est Nicéphore qui part faire un petit tour des minettes. Ben quoi, c'est samedi soir.

XXXI

Devant la cabine à réfléchir de Silence, on extrait Mme Agnès en baladant des mains exploratrices. On ouvre les cadenas. La dernière porte vole sous la poussée de Grignard, dépoitraillé, comme aveugle, comme fou. On le repousse sauvagement On dirait qu'il revient du front. Il est choqué comme un fantassin après un tir de mortier. Il hurle, il gesticule, il se tient la poitrine, il porte la main à son cœur, il déchire sa chemise. On le refout sur le cul. Il lâche des paroles incohérentes. Il est au bord de l'asphyxie.

— Peux plus… ! il gargouille. Je fais des angoisses!… mon cœur. Il tape, tape. Ah! Je suis cardiaque. Cardiaque, vous comprenez. Je peux claquer! Laissez-moi sortir. Sortir. Respirer. Je veux m'en aller… quitter… m'en aller — et au finish avec le reste d'oxygène — JE VEUX SORTIR !!

Après, plus rien. Mme Agnès est balancée à l'intérieur avec le forcené. Luis ressort le dernier avec le peignoir à zoziaux sous le bras. Silence referme le sas du « sous-marin » avec application. On cadenasse. On combine les lettres. On n'entend plus les cris.

On s'entasse dans la voiture du papa d'Étienne après avoir abandonné celle de Grignard aux limites du terrain. La voiture est pleine à craquer. Le premier acte est terminé. On s'arrête devant l'usine d'incinération des ordures.

Les étudiants repartent vers Paris. Ciao et à demain.

Nous, les Beuarks, on va passer la nuit là. À notre âge, on roupille n'importe où. Pomme nous fait chier afin qu'on lui chante une vieille chanson irlandaise pour l'endormir. Comme on n'en connaît pas, il met son pouce dans sa bouche et pense à sa mère. Ça lui réussit. Il rêve, l'angelot des H.L.M. à des tétons pleins de lait. Moi, j'ai jamais eu si mal à l'estomac.

XXXII

Au bout de la nuit, la fin du voyage. Le petit négro avec une casquette rouge me sourit de toutes ses dents. L'émail de ses canines m'éblouit de ses reflets. Du soleil plein les yeux au travers des verrières.

Déjà, le dimanche fait son trou. Grasse matinée pour les uns. Jour du Seigneur pour les familles. Jour de Paris-Brest, d'éclairs au chocolat, de religieuses, de tiercé, de télé-sport. Pour nous, jour de rien du tout. Jour. Grand jour. Jour des élections.

Je me réveille tout à fait. Je saute sur mes pieds. Je secoue les autres. Par une fenêtre en verre dépoli, je vois deux voitures s'arrêter devant l'usine. Léger coup de klaxon. Nous sortons de notre cachette. La bouche pas fraîche, les cheveux un peu gras, le bord des yeux qui brûle, envie de faire caca.

Les étudiants sont revenus en masse. Ils sont six. Ils soulèvent les banquettes. Ils nous montrent avec fierté des cocktails molotov, des matraques, une panoplie de joue-au-con.

Pomme et Hifi piquent un journal et vont aux gogues. Deux éboueurs arrivent à pied. Ils sont un peu étonnés de voir ce rassemblement. L'un est africain, l'autre portugais. On se regarde de travers. Mais le Portugais lève la main en signe de paix et de salut. Je lui réponds tout de suite. Si j'avais de l'instruction, je dirais : Salut Pedro d'Almodovar, d'Oliveira ou d'Estremor. Salut, camarade nègre. Salut, Bamboula du Mali, pauvre branque sous-payé qui vient nettoyer les chiottes des blancs du cul. Paix à toi qui vient de loin, de Bamako, de Taoudémi ou de Tombouctou. Nous, c'est plus simple. Les Indiens passent à côté des indiens sans se faire la guerre. Hugh, mes frères. La Paix soit avec vous.

Nous reprenons le conciliabule près des voitures. Un plan est arrêté. Le gros de la troupe repart, réparti dans les bagnoles. Silence, Petit Boulot et Hifi grimpent sur le toit de trois bennes du service de nettoiement des ordures. Ils s'y aplatissent. En ville, les deux voitures, remplies de nous, patrouillent dans les rues. Les bureaux de vote commencent à ouvrir.

À l'usine, les camions conduits par les ouvriers municipaux démarrent lentement en caravane. Ils vont nettoyer la cité de sa gourme, de ses déchets. C'est aussi jour de ville propre.

Les premiers électeurs se rendent aux urnes. Le scrutin est ouvert. Durand-Ducon, a voté !

Silence se laisse glisser du toit de la benne sur laquelle il a pris place. Les éboueurs, africains pour la plupart, travaillent au fil des rues. Déclics électriques des mangeoires à merde, sifflets pour repartir, sons sourds des poubelles vides qui retombent sur leurs culs. Pendant ce temps, quelque part, Dupont-Duschmoll, a voté !

Silence s'engouffre dans un immeuble. Il grimpe jusqu'au toit plat aménagé en terrasse. De là, il domine la place du commissariat. Les motos sont toujours devant la porte. Il repère aussi quatre véhicules de police. À peine est-il en faction qu'une voiture et un car s'en vont. Ailleurs, Dubois-Du Gland, a voté !

Petit Boulot se laisse glisser de sa benne. Il court à la vitrine d'un quincaillier et casse la vitrine. Il prend deux pinces coupantes et cavale. Le magasin est en face du Narval. Jules, l'Auvergnat, couvert de pansements, aère justement ses poumons. Il l'a vu faire. Fouchetra ! Il court chercher son flinguot, revient à la fenêtre, et rate Petit Boulot qui a déjà tourné le coin de la rue déserte. Une sirène de police fait se retourner une famille de cinq personnes. Le père porte, au bout d'une ficelle, une petite pyramide de papier qui contient cinq parfaits au café.

Le car et la voiture de police que Silence a vu quitter le commissariat se rangent devant le bureau de vote. Les flics en descendent calmement pour prendre leur service de protection. Deux étudiants rôdent à pied dans le secteur.

Dutreuil Marcel, a voté ! Dulac Germaine, a voté ! Dumas Gilbert, a voté !

Sur le toit, Luis est venu rejoindre Silence. Ils surveillent le commissariat. Il y a toujours deux cars bleus et les motos bien sûr, enchaînées, prisonnières.

Une benne à ordures arrive en cliquetant. Hifi en descend. Il était dans la cabine avec le Portugais. Ils sont devenus copains. En dissimulant son visage, il enlève la poubelle des flics et va la déverser dans la benne. En passant, il repère les motos et surtout la chaîne qui les attache. Les flics, indifférents, se fument la cibiche du matin.

Silence et Luis, sur le toit, n'en perdent pas une miette. Dupoux Eugénie-Berthe-Amélie, 97 ans, a voté ! Non, madame, vous n'êtes pas la plus vieille, nous avons une centenaire.

Au volant de sa camionnette, Jules, cabaretier du Narval, à peine braguetté dans la hâte, patrouille dans les rues, l'air mauvais et la barbe noire. Son fusil est couché sur la banquette. Du n° 3 dans le canon de gauche, une balle à ailettes dans celui de droite. Le sanglier n'y résiste pas. Choke, demi-choke. Poum.

Avec Étienne, devant le bureau de vote, nous sommes aux premières loges pour noter une agitation insolite. Les flics font des allées et venues comme de vraies petites ouvrières. Ça ruche ferme. Ils s'acharnent sur les radio-téléphones. Voilà-t-il pas que Madeleine Charron-Delpierre (a voté), suivie de Jean-Philippe, arrive. Ils entrent au bureau de vote. En ressortent peu après. Ça gesticule ferme. Ça sémaphore. Comme au temps du cinéma muet.

Nous rejoignons les autres sur le toit de l'immeuble. Tous sont là sauf Petit Boulot. Les motos commencent à briller de lumière devant le commissariat. C'est le soleil qui brosse à reluire. Soudain, branle-bas de combat dans la volière poulaga. Toute la couvée déploie ses ailes, s'engouffre dans la voiture noire et blanche et attend un peu, portière ouverte. Le coq en personne, La Bellange soi-même, paraît sur son perchoir. Il essuie ses lunettes, fait cocorico sous son galurin mou et prend place dans la 504 break. Il ne reste plus qu'un car et un peu de poussière qui retombe.

À ce moment-là, — chacun son tour — c'est branle-bas de combat chez nous. Les deux étudiants qui veillaient sur le secteur du bureau de vote arrivent hors de leurs bottes.

— Ils les ont découverts, ça y est ! Mais il est

arrivé un sale truc. Grignard a passé l'arme à gauche. Il est parti retrouver ses ancêtres.

C'est plus une partie de gendarmes et de voleurs. Rien qu'à regarder les gueules de mes associés, je vois bien qu'ils paniquent in ze street. Ils flottent, petit soldat. Ils ne savent plus nager quand c'est profond. Je dis aux deux étudiants de suivre l'affaire de près. De se mêler aux badauds et qu'il doit y en avoir comme des mouches autour du pot aux roses. Ils repartent.

J'ai pas cru si bien dire.

Sur le terrain vague, autour de la cabine à réfléchir, la société, messieurs dames, le monde des plus de vingt et un ans, est frappé de stupeur. Il y a du peuple, je vous jure. Ça grouille de flics. Deux ambulances turbinent de la lumière bleue. Pas mal d'officiels en manteaux sombres. Les deux étudiants font des photos en douce. Canon FT. Ouverture 6,3. Au 100° de seconde.

Sur le toit, l'incertitude s'est installée.

Étienne demande :

— De toute façon, si on s'arrête, comment on va prévenir ceux du bureau de vote ? Et Petit Boulot ?

Je suis catégorique. Je me sens affreusement fidèle à mon image de marque. Je fais le dur. Je dis :

— De toute façon, y a personne à prévenir… on continue.

Étienne me fait l'œil bleu du défi :

— T'es le chef, alors ?

— Vouais.

Et ça suffit. La confusion est passée. Tous descendent, conformément au plan. Ils se répartissent tout autour de la place, sous les arcades, dans les couloirs des immeubles. Silence se glisse le long des magasins et rejoint Petit Boulot, planqué non loin du commissariat. Il le met au courant de la situation.

Sur le terrain vague, la kermesse bat son plein. Battez tambours et résonnez musettes. Les journalistes sont arrivés. On les refoule. Ils disent que ça ne se passera pas comme ça. Qu'ils sont faits pour informer et que la presse est libre. On leur répond que vive la liberté. Les officiels échangent quelques mots tranchants avec un photographe.

Un toubib, bien emmerdé, s'écarte du corps de feu Grignard. À titre de consolation posthume, il convient de savoir, pour la beauté de la statistique, que, dès cette heure claire de la matinée, Edmond, les bras pieusement croisés sur la civière, vient largement en tête de la consultation populaire.

Le toubib s'essuie le nez qui goutte :

— Rupture d'anévrisme. Il était avec une dame, je crois ?

Une ambulance se referme sur Mme Agnès, enroulée dans un plaid chatoyant. Elle est grise d'émotion. Elle paraît son âge. Elle part en pimponnant. Finalement, on permet aux journalistes de photoser la cabine à réfléchir.

Ça grouille de plus en plus de flics. Des étudiants, plus trace.

Sur le toit, attentif comme à l'école, je suis tout à ce qui se passe en bas. Les motos sont toujours là, ainsi que le dernier car de police. Je consulte mon chrono de plongeur.

Un étudiant interroge sa Kelton. Il entre dans un isoloir. Deux copains à lui sortent du bureau de vote. Le gars seul ressort de derrière le rideau, rejoint les autres et tous trois se taillent par les rues. Nicéphore, voyez comme les choses se mettent, Nicéphore jardinier rentre à son tour dans l'isoloir. Il va faire son devoir pour Madeleine. Nicéphore qu'est-ce qu'il voit ? un grand papier avec marqué dessus en rouge : «tout va sauter !» Il ressort affolé et sème la panique. Nicéphore, il crie fort. Tout le monde se sauve qui peut. L'était temps.

D'un seul coup, énorme explosion. Le bureau de vote prend un coup de vieux. Les affiches volent, les vitres aussi. L'est soufflé, Nicéphore et se retrouve les quatre fers en l'air. À sa gauche une minette qui vient d'avoir vingt et une piges, à sa droite un morceau de panneau publicitaire qui dit : Ici, on en est aux fleurs. Un soupir, Nicéphore s'écroule, les ailes brisées.

Silence et Petit Boulot se disent l'heure qu'il est. Moi, depuis le toit, je vois partir en trombe le dernier car de flics qui va, vole et nous venge. En route vers le lieu du sinistre. Il reste un malheureux agent sur le pas de la porte. Téléphone. Il rentre laissant la rue déserte.

Aussitôt, Petit Boulot et Silence bondissent jusqu'aux bécanes et entreprennent de cisailler la chaîne. Ça a l'air durable.

Après un dernier coup d'œil, je m'apprête à descendre. J'affiche RAS, quand je vois une voiture ferrailler dans une rue adjacente. Ça ne serait pas si terrible si ce n'était pas la fourgonnette de Jules. C'est marqué : Le Narval, Noces et Banquets. Aussitôt, j'ai un mauvais pressentiment et je fonce dans l'escalier.

Le bougnat débouche sur la place à toute allure. Arrivé presque de l'autre côté, il voit in extremis les deux Beuarks en train de s'échiner sur les motos. Il freine, fait marche arrière en folie, en zigzags et stoppe.

Pendant ce temps-là, je descends, je descends ce putain d'escalier qui n'en finit pas. Petit Boulot et Silence sont presque venus à bout de la chaîne. Déjà, ils se font un fin sourire. Sous les arcades, Pomme et Hifi guettent. Ou plutôt, ils reluquent les cravates et les pompes d'un magasin dédié à la jeunesse. Ah, si ces cons-là avaient vu Jules !

L'auvergnat descend sa vitre sans quitter des

yeux son gibier. Sa main tâtonne vers le fusil sur la banquette. Il pose le canon en appui sur la portière. Il vise, il tire. Demi-choke.

Petit Boulot recule de deux mètres. Les mots suffisent pas à dire tout ce qui arrive en même temps. Boulot regarde son bras qui pend. Qui saigne. Silence reste sur place avec sa pince machoires ouvertes. Boulot s'écroule. Pomme et Hifi foncent vers leurs copains. Moi, j'arrive à ce moment-là.

Jules. Objectif Jules. C'est qu'il va encore tirer. Je fonce. Cinquante mètres en cinq secondes. Jules me voit. Il enclenche sa première. Il démarre. Moi, appel du pied gauche. Plongeon. La fourgonnette roule. Je suis sur le capot. Pivot. Les deux bottes dans le pare-brise. Éclats. Tangage. J'essaie d'atteindre ce con de fumier, de merde, de Jules qui prend son flingue et le dirige sur moi. Deux yeux dans les yeux. Zigzag. Je prends le canon. J'enfonce la crosse. Plein la gueule. Sang. Craquement. Zigzag. Volant qui tourne seul. Jules à la dérive. Je saute. Je roule au sol. Fourgonnette en folie. Saut carpé du trottoir. Devanture en miettes. La bagnole fumasse dans la boutique d'un maroquinier.

Je me retrouve dans le caniveau, le fusil à la main. Je ne l'ai pas lâché. Pomme, Hifi et Silence ont traîné Petit Boulot au milieu de la place. Ils sont tout seuls, tout désemparés.

Le flic orphelin qui a entendu la sérénade sort du clapier avec la mitraillette à la hanche. Un fou, ce mec. Un héros.

Les choses se mettent à aller encore plus vite. Comme des arbres au bord d'une nationale quand on est à 150 à l'heure. Difficile à éviter en cas d'accident.

Flic. Danger. Mes potes. Boulot. Le sang. Merde, le sang. Le flic belliqueux. Société de merde. Merde. Rien que merde. J'épaule. Je tire. Choke. Balle à ailettes. Trou noir dans le front. Et le flic flaque. Et claque.

Je jette le fusil. Je rejoins le groupe au centre de la place. Le radeau de la Méduse, c'est nous. Help ! Help, petit Négro à casquette rouge ! Help, Jésus, Marie et les Joseph ! Envoyez, envoyez du secours !

Hasard ou sorcellerie, la voiture des étudiants débouche en trombe et pile devant nous. Véronique au volant, seule. La petite sœur des pauvres. La petite fée. Pas le temps de le lui dire. On aide Petit Boulot à monter. Tous s'entassent. La voiture démarre à fond de train. Hifi enclenche la radio de bord qui se met à faire un bruit de musique. Ça empêche de parler. D'avoir peur. De dire des conneries. Ça swinge la situation.

Dans ma tête, j'imagine un garage que je connais. En devanture, imaginez, il y a cinq motos étincelantes. Toutes neuves. Toutes prêtes à culbuter. À se cabrer. À picoler du super à longueur d'année. Mais où ai-je vu ce garage ? Comme un mirage. Comme le Négro à casquette rouge. Une image dans ma tête, pas très nette, un peu flouzaille. Où ?

La voiture est arrêtée. Musique. Je prends la place de Véronique au volant. Je lui hurle :

— Tu descends, c'est plus pour les gonzesses !

— Non, je reste.

T'as voulu, t'as eu. Je redémarre. Encore plus vite. La musique m'a compris. Le tempo s'endiable. Des doubles croches au ventre, on décarre comme des fous en miaulant aux carrefours.

Pendant ce temps-là, les flics font merveille. Y sont partout à la fois. Chez ma mère, remplie de jaja, qui vaporise le Kiravi comme un avaleur de feu et leur dit merde. Et bras d'honneur, mon Brigadier. Chez Petit Boulot. Interlocuteur : le retraité :

« J'lui avais dit à Pierrot qu'ça finirait mal. Il est pas mort, au moins ? » Et sa rombière qui dit bien fait et se coupe le doigt, profond j'espère.

Nous, dans la voiture, on est suspendus à la radio. Véronique essaie de rendre étanche Petit Boulot qui perd son liège comme l'ours de mes cinq ans. Je conduis comme un dingue. Je revois

193

l'image des motos. Elles brillent, elles nous attendent.

La voiture tangue. La musique cesse. C'est un flash angoissé :

— ... Drame des élections dans la banlieue nord de Paris. Un candidat est mort dans des circonstances dramatiques. La Police est sur les traces des agresseurs...

Le type s'étrangle dans son micro. Crachouille et promet de tenir au courant. Il a pas fini sa phrase que la réalité surgit au coin d'un virage. Devant nous un barrage hérissé de flicards habillés en dimanche. Pas le temps de réfléchir. Par surprise partagée, je passe, je percute, je tanguote, je succeed. La radio semble morte de trouille, interrompue par le choc et l'audace. Silence étrange. J'ai pas eu peur. Trop abstrait. Les autres, pareil. Hifi gifle la radio. Ça la ranime. La musique reprend, complètement dingue. Derrière nous, s'étouffe une fusillade.

Au bout d'une course folle, on quitte la ville et on aborde la banlieue de Japs. Je prends une piste qui coupe à travers les terrains vagues. On rebondit sur les jantes et Petit Boulot prend la couleur du chemin. Gris.

Au hasard des créneaux, entre les bosquets qui défilent, je vois passer en sens inverse une armada de voitures de police, de jeeps et même des cars de gardes mobiles. Ils ont mobilisé jusqu'à la classe 40. Silence, sur la banquette arrière, commence à tripoter des explosifs à mèche. Il les berce précieusement sur ses genoux.

Et toujours la zizique.

Je roule comme en enfer. Les yeux fixes. Les motos de mon rêve sont nettes comme si je les voyais. Les gendarmes mobiles convergent de toute part vers la zone où nous roulons suivis d'une chevelure de poussière. Il faut que j'atteigne les maisons avant que l'étau ne se referme. Ça y est. J'y suis.

Et puis, soudain, on est pour de bon devant le garage et je freine. Les Beuarks n'en croient pas leurs mirettes. Elles sont là, les machines. Les dévorantes, les culbuteuses, nos libertés à roulettes ! J'embraye et je lance le mufle de la voiture dans la baie du hall d'exposition. La vitrine dégringole longuement en gouttes de verre. Le poste de radio se détraque à nouveau. C'est un émotif. À la place du Pop, le pimpon fait son chemin avec emportement. Le pimpon n'est pas loin. Il arrive. Il est là. Il grandit. Nous restons pétrifiés.

Je fais une marche arrière désespérée. La radio se remet en marche. Complètement nasebroque. Le speaker parle en pointillés, en crachouillis, par borborygmes. Cette fois, les transistors sont foutus.

— … Commando gauchiste… sûreté de

l'État... explosion à neuf heures quarante cinq... spunz wrunz grunz... meurtre du Député sortant Grignard... grummm Wrtt Wrttt... à l'attaque d'un commissariat... Buzzzizzz, zzzz-pfuit-it it it...

C'est vous dire.

Hifi ferme le poste avec tristesse. J'appuie sur le champignon. J'en suis à me demander quand est-ce qu'il a perdu sa module de frèque (ça fait un bon moment que je ne lui vois plus) — quand, juste dans l'axe de la rue, un car bleu marine rempli de personnel apparaît. Stop. Levier de vitesse vers soi et en haut. Marche arrière val-seuse. Je recule. Je recule. Et là, dantesque : au passage de chaque rue adjacente, un car de fli-cards qui avance vers nous. Je continue à reculer, à chalouper, à ricaner de la marche arrière jus-qu'à ce qu'on ne puisse plus aller ni retour. Nous sommes dans le cul du sac d'une impasse, fermée par une gigantesque tour grise en bétonite. Ça y est, on en est aux fleurs et aux couronnes.

J'éteins le moteur. On ne prononce pas un mot. Y a rien à dire. En cinq secondes, notre frousse recouvre de buée les glaces de la bagnole. Je passe la main sur le pare-brise. Irréelle mais bien là, c'est pas la ligne bleue des Vosges. Pas l'ombre d'un sapin, mes frères et l'air irrespirable. Devant nous, c'est la désolation. La java vache. La valse des pèlerines. Le bal à Jo.

Sur plusieurs rangs de profondeur, les mannequins tirent une barre en travers de l'impasse. Ils attendent une gueulante et s'avancent lentement. Mécaniques. Automatiques. Remontés par la main invisible de la grande vacherie.

Je suis au bord de la chiasse. C'est pour ça qu'il faut que je fasse quelque chose. Un geste. Je défouraille le revolver de Jo, j'ouvre la portière et je tire.

Un petit pet contre une grande muraille. Mais quand même, ça fait clic, et clac, plus de flics. Planqués.

Magique, l'odeur de la poudre. Ça fouette les narines. On repart. Go ! Mes copains et moi on s'engouffre dans le chantier, on contourne un tas de sable et, devant nous, moulés dans le béton, sans rampe et sans tapis, bruts et menant vers la mort, des escaliers vers le ciel.

On grimpe. On grimpe. Noir. Blanc. Noir, blanc. Palier. Re-noir, blanc. Palier.

Plus tard, ici, une tour de trente étages. Eau chaude à tous les étages. Lévitan ? En voilà. Plante caoutchouc ? Oui, môssieur. Alcoolique ? Voui, Médame. Des enfants, vous m'en ferez ? tous ratés déslipez-vous. La télé ? Vous l'aurez. À crédit ? Voui, voui, voui. Votre mari ? L'est parti. Vl'a l'facteur, vl'a l'gazier, vl'a l'poseur d'antennes et j'vous présente mon p'tit dernier. L'a les yeux du voisin. Ça fait rien. Rien de rien.

Y r'semble à ses copains. C'est le même canapé-lit à tous les étages alors les mômes ont tous les yeux bleus. Femmes en chique, femmes en cloque faites vite des mecs en loques. Des coliques, des rubéoles, des oreillons. Partageons, partageons. Les maniaques, les p'tits tas, les aspirateurs, et huit cent dix-neuf lignes.

Pour le moment, noir, blanc, palier. Graviers à toutes les marches. Et derrière nous, le clou-tage des godillots policiers. Les aboiements de la meute. Je reste en serre file. Je lève le revolver de Jo pour les amis. Je tire sur la pénombre. J'entends la chute d'un corps. Une rafale de mitraillette crépite. Le bruit s'enroule autour de moi. Je reçois des éclaboussures. Intact. Je m'élance à nouveau vers les étages. Au détour d'un mur, deux silhouettes plaquées. Je les braque. Pour un peu j'appuyais. Je tuais. Deux ouvriers maçons. Des Portugais. C'est dimanche. Ils ont dû coucher là. Les deux gars lèvent les mains en l'air. On se regarde. Le plus jeune baisse lentement un bras. Son geste s'achève en salut de paix. Je réponds et je reprends ma course vers le haut. Les maçons continuent leur descente. Peu après, j'entends une mitraillade nourrie. Puis, plus rien. Si ça se trouve, les pou-lets les ont découpés en tranches. Comme ça. À bout portant. La cavalcade continue. Je suis presque arrivé. Les autres sont déjà au sommet.

Non, tiens voilà Silence. Il me fait signe de passer. Il a l'air complètement habité. Il reste seul. Il balance deux bâtons de dynamite dans la cage de l'escalier. Explosion. À la pluie de gravats, succède un calme reposant. Presque vertigineux. Le garçon épluche son épi rebelle qui fait la roue au sommet de son crâne. Il murmure pour lui-même :

— Le silence… t'entends ? le silence…

Et flèche vers le sommet pour nous retrouver.

Nous sommes tous là, comptez vous six. Seuls, en haut d'une tour. Désormais coupés du reste du monde. Nous sommes tous là, comptez vous six. Sur une île déserte. Un atoll de béton. Sans ombre, sans vivres, sans palmiers. Cordons rompus, chaînes brisées. Plus rien à voir avec la Société.

Nous sommes tous là et le ciel sur la tête.

XXXIII

Ils sont là.

À leurs pieds, la Ville. Les pylônes. Les rumeurs. Ils vont sur la plate-forme d'une ouverture à l'autre. En bas, c'est noir de flics.

Petit Boulot s'est écroulé dans un angle, le plus sombre possible. Comme les chiens qui vont mourir dans les coins. Véronique se penche sur lui. Il est blanc comme du plâtre. Plus tout à fait là. Déjà un peu loin.

Les garçons continuent une ronde inutile. Soudain, une fumée blanche sort des mousquets de la garde mobile. Une grêle de balles vient miauler autour de leurs épaules. Beuark prend le revolver — nous sommes à la troisième personne — pas plus gros qu'un jouet en face du déploiement des forces, il tire deux fois vers l'entonnoir du vide. Après, il n'y a plus de balles dans le chargeur. Le revolver est bête. Il le jette sur le sol.

Les cars gris et bleus cernent complètement la

tour. Tout est déballé, installé pour un siège. Là-haut, le désœuvrement s'installe. La tension, la nervosité, la peur, la certitude que l'issue de ce jeu sera tragique, mortelle, les a fatigués comme le grand air. Il s'installe une espèce de résignation ironique. Il y a souvent des sourires ambigus avant de quitter le pays de la vie. Hifi a trouvé un litre de vin rouge abandonné dans une musette. Du Sidi Brahim, pour la légende. La bouteille circule, réconforte.

Pomme :

— C'est drôle, ils ne savent même pas qu'ils n'ont plus qu'à venir nous prendre.

Beuark :

— On va pas leur dire.

Hifi :

— On est presque bien ici.

Beuark encore :

— Oui, on dirait qu'on a fait naufrage.

Un long silence. Passe l'ombre sur la plate-forme de béton, filtre le soleil au travers des nuages et éclaire Véronique. Beuark la contemple. Il finit par dire :

— Dis donc, Vérole ? Tu te souviens ? Tu nous avais proposé quelque chose, une fois. Tu te rappelles ? On avait été interrompus. Quand ce vigile est arrivé avec sa pétoire.

Véro le regarde. Les siens. Ses hommes. Elle se

lève. Elle est presque grave. Elle demande gentiment :

— Alors ? Qui commence ?

Un jeu s'organise. Puéril. C'est avec des emballages en carton, de petits bouts de bois que les enfants s'amusent le mieux. Un jeu simple aussitôt inventé. Les garçons sortent des pièces de menue monnaie de leurs poches et les balancent, chacun leur tour, sur une poutrelle qui dépasse et s'avance sur le vide. Les premiers jetons manquent leur but et tombent. L'argent n'a plus de valeur. Ne fait pas le bonheur, le pognon. Ils n'en auront plus jamais besoin.

Au bas de la tour, des thunes tombent aux pieds d'un policier, après avoir rebondi sur son casque, sur son bouclier. Il les ramasse, les renifle, lève son groin engoncé sous la visière et grogne comme un porc. Il va les montrer à un supérieur, qui va les faire briller à un gradé qui les fait parvenir au commissaire Bellanger. Qui s'essuie les lunettes. Il y a même une piécette d'un centime. Dessus, la francisque, une arme à double tranchant qui date de Vichy État. Comme le temps passe. Con, tout cela. Dérisoire.

Bellanger profite de son mouchoir pour dégager son nez. Il regarde l'immensité du déploiement de la machine policière. Il sourit tristement aux énormes forces de répression massées aux pieds de la tour prend garde.

Il découvre aussi des essaims de motocyclistes et parmi eux, les Japs. Rien que des jeunes. L'affaire des jeunes. Rien que des motos qui sillonnent les rues avoisinantes, se rencontrent, se regroupent, se reconnaissent, s'additionnent. Et puis, en faisant gronder leurs moteurs coléreux comme des puces dans l'oreille d'un chien, s'arrêtent à distance des policiers — immobiles, nombreux, nouveaux. Presque menaçants.

Bellanger empoigne un mégaphone. Il s'adresse très fort à ceux de la tour. Là-haut, sa voix arrive, fluette, sans signification. Personne n'a gagné au jeu des pièces. Les poches sont vides. Véro demande :

— Qui en a le plus envie ?

Ils se taisent.

— À ton avis ? Qui ? Qui ? demande Beuark.

Le bruit des motos monte maintenant jusqu'à eux. Un par un, ils se détournent vers les ouvertures. Pudeur des dos tournés. Silence reste en tête à tête avec Véronique.

Ah, regards ! Oui, la gêne. La gêne de se regarder au fond des yeux. C'est la jeune fille qui prend l'initiative. Lentement, elle se déshabille. Elle dit à Silence :

— Toi aussi. Tout nu.

Hifi et Beuark et Pomme regardent vers le bas. Petit Boulot vient de mourir. Les policiers regardent vers le haut. Géométriques. Uniformes. Cloutés. Les motards regardent les flics. Ils s'approchent à petite vitesse. En bon ordre. En bon droit. Moto contre moto. Les policiers se détournent vers eux. Un flottement fait onduler leurs rangs.

Les chefs hurlent des ordres tonitruants. La moitié des sections se retourne, dos à dos avec l'autre moitié de leurs semblables. La société policière fait face à deux fronts.

D'autres cars, des CRS, cette fois, arrivent sur le terrain. Les motards, dérangés, se mettent à tourner par les rues avoisinantes autour des cars gris à grillages. On dirait presque des indiens autour d'un retranchement de chariots.

Ils tournent. Ils tournent. La British Petroleum, la Shell, l'Elf gagnent du fric sans s'en douter. Sous les casques, les poulets sont inquiets. La sueur fait doucement le tour de leurs têtes. Ils ont presque oublié les occupants de la tour.

Bellanger sent quelque chose qui le dépasse. Il dit :

— Il faut faire vite.

Il empoigne le mégaphone, se retourne vers la tour, prend le soleil dans ses lunettes et hurle par-dessus le vacarme :

— Pour la dernière fois…

Sur l'île, tout est calme. Devant les ouvertures, les Beuarks regardent le cinéma. Silence et Véronique font l'amour. Doucement. Lentement,

204

l'amour bon, l'amour bon et chaud — comme s'ils avaient toute la vie devant eux.

On entend les phrases crachées dans le méga-phone. Mais très lointaines et très amaigries. C'est le bruit des motos, celui des criquets, des sauterelles à moteur qui augmente, qui envahit et qui, petit à petit recouvre le porte-voix et le submerge sous les décibels.

XXXIV

Moi, Beuark, en équilibre sur la poutrelle d'acier, je racle le fond de ma gorge et je crache. J'expectore sur la Société. Buvez, buvez, mes cons, mes salauds, les déchets de ma courte vie. Le vent vaporise l'eau de ma bouche. La salive, quand on est dans les altitudes, c'est comme la bonne parole. Ça n'arrive pas jusqu'aux hommes.

En bas, un tireur d'élite vise et tire.

Une fumée blanche se déroule. Ma tête éclate. Ma mâchoire se disloque. J'ai vingt-quatre ans. Le sang ruisselle devant mes yeux. Petit Négro à casquette rouge, viens. Viens vite avec ton essuie-glace. J'ai du travail pour toi.

Le temps remonte jusqu'à ma naissance. Mon cerveau est le dernier à fonctionner. Bientôt, le compteur sera à zéro. Je vois surgir mon premier souvenir d'enfant. Une boule rouge et amicale qui me fait plisser les yeux. Dis donc, camarade Soleil, la vie était belle à pleurer.

Encore un Beuark et puis plus rien.

DU MÊME AUTEUR

ROMANS, NOUVELLES

Aux Éditions Gallimard

Dans la collection Série Noire

À BULLETINS ROUGES, 1973 et Folio Policier n° 427.

BILLY-ZE-KICK, 1974 et Folio Policier n° 28.

Chez d'autres éditeurs

MISTER LOVE, Denoël, 1977.

TYPHON GAZOLINE, Jean Goujon, 1978.

BLOODY-MARY, Mazarine, 1979 et Livre de Poche, 1982 (prix Fictions 1979 et prix Mystère de la critique, Fayard noir, 2006).

GROOM, Mazarine, 1980 et Carré noir, 1981, Fayard noir, 2006.

CANICULE, Mazarine, 1982 et Livre de Poche, 1983.

PATCHWORK, Mazarine, nouvelles, 1983 (prix des Deux-Magots, 1983), Livre de Poche, 1992.

BABY-BOOM, Mazarine, nouvelles, 1985 (prix Goncourt de la nouvelle 1986), Livre de Poche, 1987.

LA VIE RIPOLIN, Mazarine, 1986 (Grand Prix du roman de la Société des gens de lettres 1986), Livre de Poche, 1987.

DIX-HUIT TENTATIVES POUR DEVENIR UN SAINT, Payot, nouvelles, 1989 et Folio, 1990.

UN GRAND PAS VERS LE BON DIEU, Grasset, 1989 (prix Goncourt 1989 et Goncourt des Lycéens 1989), Livre de Poche, 1991.

ROMANS NOIRS, Fayard, 1991.

COURAGE CHACUN, l'Atelier Julliard, nouvelles, 1992 et Presses Pocket, 1993.

SYMPHONIE GRABUGE, Grasset, 1994 (prix Populiste), Livre de Poche, 1996.

LE ROI DES ORDURES, Fayard, 1997 et Livre de Poche, 1998.

UN MONSIEUR BIEN MIS, Fayard, 1997.

HISTOIRES DÉGLINGUÉES, nouvelles, Fayard, 1999.

LE CRI DU PEUPLE, Grasset, 1999 (prix Louis Guilloux pour l'ensemble de son œuvre).

L'HOMME QUI ASSASSINAIT SA VIE, Fayard, 2001 et Livre de Poche, 2003.

LE JOURNAL DE LOUISE B., Robert Laffont, 2002 et Pocket, 2005.

QUATRE SOLDATS FRANÇAIS :

T. 1 : ADIEU LA VIE, ADIEU L'AMOUR, Robert Laffont, 2004.

T. 2 : LA DAME AU GANT ROUGE, Robert Laffont, 2004.

T. 3 : LA GRANDE ZIGOUILLE, Robert Laffont, 2006.

SI ON S'AIMAIT ?, Fayard, 2005, nouvelles.

EN COLLABORATION AVEC DAN FRANCK

Les aventures de Boro, reporter-photographe :

LA DAME DE BERLIN, Fayard, 1987 et Presses Pocket, 1989.

LE TEMPS DES CERISES, Fayard, 1989 et Presses Pocket, 1992.

LES NOCES DE GUERNICA, Fayard, 1994 et Presses Pocket, 1996.

MADEMOISELLE CHAT, Fayard, 1996 et Presses Pocket, 1998.

BORO S'EN-VA-T-EN GUERRE, Fayard, 2001 et Presses Pocket, 2002.

CHER BORO, Fayard, 2006.

ALBUMS

Photographies

CRIME-CLUB, La Manufacture, 1985, photographies de Gérard Rondeau.

LE CIRQUE, Reflets, 1990, photographies de Gérard Rondeau.

TERRES DE GIRONDE, Vivisques, 1991, collectif.

JAMAIS COMME AVANT, Le cercle d'Art, 1996, photographies de Robert Doisneau.

UNTEL PÈRE ET FILS, Le cercle d'Art, 1998, photographies de Christian Delécluse.

J'AI FAIT UN BEAU VOYAGE, photo-journal, Le cercle d'Art, 1999, photographies et textes de Jean Vautrin.

SABINE WEISS, La Martinière, 2003, photographies de Sabine Weiss, textes de Jean Vautrin.

LE PETIT TRAIN JAUNE, photographies de Georges Bortoli.

Bandes dessinées

BLOODY MARY, Glénat, 1983, dessins de Jean Teulé (prix de la Critique à Angoulême).

TARDI EN BANLIEUE, Casterman, 1990, fusains et acryliques de Jacques Tardi.

NEW YORK, 100e RUE EST, Six pieds sous terre, 2004, illustrations de Baru.

LE CRI DU PEUPLE, dessins de Jacques Tardi :

Vol. 1 : LES CANONS DU 18 MARS, Casterman, 2001 (Alph'art du dessin et Alph'art du public à Angoulême).

Vol. 2 : L'ESPOIR ASSASSINÉ, Casterman, 2002.

Vol. 3 : LES HEURES SANGLANTES, Casterman, 2003.

Vol. 4 : LE TESTAMENT DES RUINES, Casterman, 2004.

Composition IGS
Impression Novoprint
le 5 juin 2006
Dépôt légal : juin 2006

ISBN : 2-07-033832-0/Imprimé en Espagne

142929